Libre sous condition

MAYA BLAKE

Libre sous condition

Traduction française de
ERWAN LARHER

AZUR

HARLEQUIN

Collection : Azur

Titre original :
GREEK PREGNANCY CLAUSE

HARPERCOLLINS FRANCE
83-85, boulevard Vincent-Auriol, 75646 PARIS CEDEX 13
Service Clients — https://www.harlequin.fr/contenu/contactez-nous
ISBN 978-2-2805-1314-2 — ISSN 0993-4448

Édité par HarperCollins France.
Composition et mise en pages Nord Compo.
Imprimé en mars 2025 par CPI Black Print (Barcelone)
en utilisant 100% d'électricité renouvelable.
Dépôt légal : avril 2025.

FSC
www.fsc.org
MIXTE
Papier issu de sources responsables
FSC® C159065

Pour limiter l'empreinte environnementale de ses livres, HarperCollins France s'engage à n'utiliser que du papier fabriqué à partir de bois provenant de forêts gérées durablement et de manière responsable.

1

Les yeux fermés, Odessa inspira profondément, laissant la brise marine emplir ses poumons. Elle pencha la tête vers les rayons du soleil dans l'espoir qu'ils atteindraient ses entrailles gelées.

Elle rouvrit les yeux et admira les jeux de lumière sur la mer scintillante, plusieurs mètres en contrebas de la falaise au bord de laquelle elle se tenait.

Un raclement de gorge se fit entendre derrière elle, brisant sa tranquillité.

— *Signorina.*

L'interpellation de l'avocat de son père contenait une menace sous-jacente, comme la plupart de ses interactions, depuis aussi longtemps qu'elle s'en souvienne, avec des personnes liées à son géniteur. Peu importait que celui-ci soit mort et que seulement quelques minutes la séparent de ses funérailles : elle ne serait jamais débarrassée de lui. Il y avait veillé de la même façon méticuleuse et cruelle avec laquelle il avait dirigé la vie de sa fille.

Odessa pivota et ressentit aussitôt à nouveau sur ses épaules le poids du destin. C'était comme si sa robe noire pesait une tonne. Elle s'était imaginé qu'elle serait libre une fois qu'Elio Santella aurait succombé à son cancer. Quelle idiote ! À une centaine de mètres, deux douzaines de paires d'yeux la regardaient approcher d'un pas résigné, chacune l'évaluant et se demandant si elle allait devenir un problème ou si elle allait, comme toutes les femmes de la famille, rester à sa place.

L'un de ces regards en particulier lui donnait la chair de poule. Sombre comme la suie. Venimeux comme un cobra.

Vincenzo Bartorelli avait révélé ses intentions matrimoniales à la seconde où Odessa avait eu vingt et un ans. Un mariage aurait scellé l'union des clans Santella et Bartorelli. Heureusement pour elle, une série de mésaventures avaient soustrait son prétendant salace aux bonnes grâces de son père, et elle avait été préservée de ses avances durant sept ans. Mais, depuis une semaine que son père était passé de vie à trépas, cet homme qui avait plus de deux fois son âge semblait baver chaque fois qu'il posait les yeux sur elle. Et il avait fait en sorte ces derniers jours que ces occasions soient fréquentes.

Son regard glissa vers son oncle Flávio, espérant un signe que le cauchemar qui se profilait à l'horizon n'était que le fruit de son imagination enfiévrée. Hélas ! l'expression sévère du frère cadet de son père anéantissait tout espoir, lui reprochant de faire attendre tout le monde et l'avertissant de ne pas faire d'esclandre. Flávio se tapota la jambe de la main en guise de sommation silencieuse – un signe humiliant que faisait volontiers son père. Elle voulut crier qu'elle n'était pas un chien qu'il fallait rappeler à l'ordre. Elle se mordit la lèvre, ralentit le pas et leva le menton.

Il ne faisait aucun doute que sa rébellion lui vaudrait reproches et réprimandes, mais elle était habituée. Elle avait renoncé à la docilité depuis quelque temps, ce qui empêchait son âme de se flétrir et de mourir.

Elle se glissa entre ses deux bourreaux encore vivants et posa les yeux sur le cercueil.

Au cours des mois qui avaient précédé sa mort, son père était devenu de plus en plus amer et vicieux. La nouvelle que sa maladie était en phase terminale l'avait transformé en une version encore plus cruelle du chef mafieux tyrannique que tout le monde craignait déjà. Elio Santella n'avait pas cherché à partir en paix.

Le prêtre commença à prononcer des paroles pour le repos et le salut de l'âme du défunt. Odessa grimaça. Son cœur était incapable de souhaiter le repos éternel à cet homme qui l'avait tant tourmentée de son vivant. Elle espérait que sa mère lui ferait vivre l'enfer dans l'au-delà, ce qu'elle n'avait jamais osé faire ici-bas.

Elle fut tirée de ses pensées par les murmures qui s'élevaient autour de la tombe et dont elle capta des bribes : « Que font-ils ici ? » « Est-ce vraiment lui ? » « Je ne pensais pas le revoir ici un jour » « Tu sais à quel point il est devenu puissant ? »

Le prêtre s'interrompit. Tous les regards étaient tournés vers l'allée. Odessa s'empêcha de bouger la tête, anxieuse à la perspective de la calamité qui s'annonçait. Car elle avait appris à ses dépens qu'il y avait toujours un scénario catastrophe dans la famille Santella. Mais, lorsqu'elle entendit son horrible oncle Flávio jurer entre ses dents serrées, elle fit comme tout le monde.

Alors, son cœur manqua un battement, puis se mit à battre la chamade.

Que fait-il ici ?

C'était vraiment le dernier endroit où elle s'attendait à voir Aristote Zanelis.

Arès.

Le nom explosa dans sa tête comme les exploits de son divin homonyme de la mythologie grecque.

Depuis la dernière fois qu'elle l'avait vu, il était devenu un magnat international de l'immobilier. Il avait conquis le monde et exerçait le genre de pouvoir pour lequel Flávio et Vincenzo donneraient un bras.

Que diable faisait-il à l'enterrement de son père ? se demanda-t-elle.

Elle aperçut alors le petit homme qui marchait à ses côtés : Sergios Zanelis, son père. Sergios avait été le chauffeur de son père pendant près de vingt ans, jusqu'à ce que des soucis de santé donnent l'occasion à ce dernier de renvoyer comme un malpropre le gentil Grec.

— Qui l'a invité ? aboya Flávio, avant de se tourner vers elle : Est-ce que tu as...

— Non ! coupa-t-elle avec force.

Vu la façon dont ils s'étaient quittés dix ans auparavant, jamais Odessa n'aurait pu reprendre contact avec Arès, encore moins pour lui annoncer la mort de l'homme qui les avait si mal traités, son père et lui.

Elle était incapable de détacher le regard de l'homme imposant aux larges épaules qui s'avançait tel un conquérant vers la petite assemblée. Il était d'une beauté éblouissante, encore plus que dans son souvenir. Il avait visiblement gagné en carrure et en assurance.

— Qui est-ce ? demanda Vincenzo d'un ton brusque.

Flávio s'éloigna sans répondre, traversant la pelouse en direction de leurs invités inattendus. Ignorant totalement

Sergios, son oncle tendit la main à Arès, sourire mielleux aux lèvres. Flávio était toujours déférent avec les puissants et despotique avec les plus faibles. Son attitude de courtisan avait toujours dégoûté Odessa. Elle lui permettait d'être aujourd'hui propriétaire de l'immense manoir de vingt chambres que son père appelait son château (et Odessa, qui y était née, sa prison).

Arès ne serra pas la main de Flávio, mais lui dit quelque chose. Une seconde plus tard, son oncle serra la main de Sergios. Alors seulement, Arès daigna lui tendre la sienne. L'échange avait duré moins de vingt secondes, mais il était clair qu'Arès avait d'emblée imposé son autorité.

Odessa sursauta lorsque son poignet fut pris au piège d'une poigne écrasante.

— Réponds-moi quand je te parle, grogna Vincenzo.

— Lâche-moi ! ordonna-t-elle à voix basse, sans presque bouger les lèvres.

Elle tenta de retirer sa main, mais Vincenzo se contenta de resserrer son emprise. Sur le point de protester davantage, elle se figea : Arès s'était matérialisé à côté d'elle.

— Relâchez-la.

Il avait donné son ordre sans élever la voix, avec un mélange tellement menaçant de calme et de sauvagerie que même Odessa en eut la chair de poule. Il tenait Vincenzo prisonnier de son regard férocement glacial. Celui-ci s'empressa de la libérer.

Odessa se frotta le poignet et rencontra le regard noisette de l'homme qui avait tellement occupé ses pensées autrefois. Mais si, à l'époque, elle pouvait déchiffrer ses expressions, son faciès n'était plus qu'un masque sombre et impénétrable. Il ne dit rien, se contentant de la dévisager. Son aura, déjà extraordinaire lorsqu'il n'était qu'un jeune homme, était cent fois plus puissante aujourd'hui. Elle faisait battre frénétiquement le cœur d'Odessa, à moins que ce ne soit la nervosité – pourquoi était-il revenu dans cet endroit qu'il avait quitté sans un au revoir ?

— Je… Arès… Merci d'être venu, bredouilla-t-elle.

Quelle cruche ! Pourquoi le remercier alors qu'il n'avait même pas été invité ? Pourquoi ne pas se montrer un peu plus… *amicale* ?

— Ce n'est pas moi que tu dois remercier.

Cette voix… Profonde, rauque, sensuelle. Des picotements dansèrent sur sa nuque et descendirent le long de sa colonne vertébrale, sans qu'Odessa puisse déterminer s'ils étaient provoqués par l'inquiétude ou… *l'excitation.*

Avant qu'elle n'ait pu lui demander ce qu'il voulait dire, Sergios s'approcha d'elle avec un sourire atténué par la solennité de l'occasion. Il prit les mains d'Odessa dans les siennes et les pressa doucement.

— Odessa, je suis heureux de te revoir. J'espère que tu ne vois pas d'inconvénient à notre présence. J'ai insisté pour que nous venions vous présenter nos condoléances et saluer Elio. Ton père a eu la générosité de me garder à son service pendant plus de vingt ans, je n'oublierai jamais cela.

La mâchoire d'Arès se crispa à ces mots. Une sensation de vide s'empara d'Odessa. Il n'aurait pas pu être plus clair que c'était le dernier endroit où il serait venu si son père n'avait pas insisté ; ni que le regard positif de Sergios sur le passé ne correspondait pas à la vision d'Arès.

Ce dernier était devenu l'une des coqueluches des médias, et on le croisait souvent à la fois dans les pages économiques et dans les rubriques people des journaux, sans parler des réseaux sociaux et des sites Internet. Odessa savait donc qu'il n'était pas marié, que ses relations duraient tout au plus quelques mois et que nombre de princesses, actrices et top models se battaient pour être vues à son bras.

Elle avait également appris que son père était la personne la plus importante de sa vie, et que tous deux avaient failli périr dans un accident de voiture, quatre ans auparavant. Arès était resté dans le coma trois semaines durant. Chaque matin, à l'aube, Odessa s'était rendue dans la minuscule chapelle familiale et avait prié avec ferveur pour son rétablissement.

Consciente du silence qu'elle avait laissé s'installer, et surtout du regard laser d'Arès qui la transperçait, Odessa se racla la gorge et esquissa un sourire.

— C'est très gentil à vous d'être venu, Sergios. Je vous en suis profondément reconnaissante.

Elle était sincère. Elle était entourée d'hommes aux intentions néfastes, prêts à tout pour devenir le prochain chef de la famille du crime organisé que dirigeait son père. La présence de ce vieil homme, qui avait tous les jours pendant vingt ans été d'humeur égale et joyeuse au service d'Elio Santella, lui faisait un bien fou.

Le prêtre se racla la gorge et tout le monde se replaça autour du cercueil. Arès prit place à la gauche d'Odessa, Sergios à sa droite. Forcés de se décaler, Flávio et Vincenzo l'assassinèrent du regard durant les trente minutes que dura le service funéraire. En revanche, les quelques fois qu'elle croisa le regard d'Arès, elle y décela le fantôme d'une émotion qu'elle croyait morte depuis longtemps.

Le désir.

Cela fit jaillir en elle une idée désespérée.

Et si tu te trompes ? Si ce n'est pas une lueur de désir ?

La conscience de cette émotion qu'elle pensait avoir laissée derrière elle lorsque Arès s'était éloigné d'elle, au cours de cette nuit fatidique, la fit frissonner de nouveau. Pourtant, l'occasion n'était pas propice à ressentir de telles sensations. C'était même un peu déplacé, songea-t-elle. Mais la proximité d'Arès, son aura, son parfum de forêt après l'orage envahissaient ses sens de manière indéniablement érotique.

Et si elle ne se trompait pas sur ce qu'elle avait vu dans ses yeux, peut-être pourrait-elle…

Ne t'emballe pas ! s'intima-t-elle.

Lorsque le prêtre mit fin à la cérémonie, elle jeta une rose blanche sur le cercueil descendu en terre. Elle ne pleurait pas la mort de son père, mais à cause de tout ce qu'il ne lui avait jamais donné. Et elle savait jusque dans sa moelle qu'elle avait besoin que quelque chose change. Rester sous l'emprise déjà étouffante de Flávio et Vincenzo signerait sa fin.

Or simplement fuir ne serait pas suffisant. Son action devait être audacieuse. Drastique. Elle devait couper les ponts afin que ni Flávio ni Vincenzo ne puissent les réparer. Parce que si elle ne le faisait pas… si elle se montrait tiède dans cette affaire…

Repoussant cette pensée effrayante, elle jeta un coup d'œil autour d'elle. Les invités se dispersaient lentement. Lorsqu'elle tourna la tête, elle s'aperçut que Flávio se tenait derrière eux, son regard de fouine fixé sur Arès.

— Il y a une réception au manoir, Zanelis. Tu es le bienvenu, proposa-t-il, avec une bonhommie qu'Odessa savait hypocrite.

Arès n'eut besoin que de lever un sourcil dédaigneux pour que son oncle adresse un sourire onctueux à Sergios et se reprenne :

— *Vous* êtes les bienvenus, évidemment.

— Si c'est ce qu'Odessa souhaite...

Son prénom sur les lèvres d'Arès, avec ce léger accent grec qu'il avait gardé bien qu'il ait passé sa jeunesse en Italie, envoya une onde brûlante dans le bassin d'Odessa. Le regard qu'il dardait sur elle lui disait de refuser, qu'il n'avait aucune envie de se joindre à cette réception. L'indignation l'aiguillonna : avait-il le culot de lui en vouloir encore, après toutes ces années ? Ce qu'elle avait fait à l'époque, c'était pour le protéger !

Elle ne pouvait pas le laisser partir. Pas encore. Il était son dernier espoir, aussi folle que soit son idée. Et, si aujourd'hui elle avait face à elle un homme distant et hostile, elle s'accrocherait au souvenir du jeune homme moins intimidant qui lui avait murmuré des promesses sous les étoiles...

— J'en serais très heureuse, affirma-t-elle, avant de s'adresser à Sergios : Vous avez le temps, Sergios ?

Elle jouait un jeu risqué, misant sur l'affection que le père d'Arès avait pour elle à l'époque. L'expression assombrie d'Arès lui indiqua qu'il avait compris son stratagème.

— Bien sûr, ma chère, répondit Sergios en lui offrant son bras.

En marchant au bras de Sergios vers le manoir bâti en hauteur, Odessa ressentait l'hostilité teintée de mépris d'Arès, qui cheminait à leurs côtés. Elle allait devoir jouer serré si elle voulait l'utiliser pour conquérir sa liberté.

— La perte peut sembler insurmontable en ce moment, mais elle s'atténuera, déclara Sergios. Elle ne disparaîtra jamais, mais tu apprendras à vivre avec.

Elle avait l'impression de trahir le vieil homme en acceptant son réconfort alors que son père tyrannique ne lui manquait pas le moins du monde. Si elle parvenait à s'échapper, elle ne remettrait plus jamais les pieds dans cette maudite propriété.

Ils rejoignirent le reste de l'assemblée dans le grand salon, la pièce où jusqu'à encore récemment Elio tenait sa cour et donnait ses ordres à ses employés, affidés et obligés.

C'était dans cette pièce qu'il avait annoncé à Sergios qu'il n'avait plus besoin de ses services et qu'il pouvait rentrer en Grèce.

C'était dans cette pièce qu'il lui avait dit de ne plus jamais parler à Arès Zanelis, sous peine de représailles.

C'était dans cette pièce que, quelques mois auparavant, il lui avait annoncé qu'il la marierait à Vincenzo, parce qu'il avait besoin de l'appui du clan Bartorelli.

Odessa évitait d'y mettre les pieds, mais en l'occurrence elle n'avait pas le choix. Elle remercia l'une des servantes qui lui proposait une boisson et choisit une eau minérale. Elle n'avait pas bu d'alcool depuis la nuit de son dix-septième anniversaire, lorsque Arès et elle étaient sortis en cachette à minuit et s'étaient assis sur le bord de la falaise avec une bouteille de Pérignon volée à son père. Ils s'étaient allongés sur l'herbe, avec la voûte étoilée pour couverture et le bruit du ressac en guise de fond sonore. Leurs mains se touchaient pendant qu'ils se chuchotaient leurs espoirs et leurs rêves.

Arès s'en souvenait-il ? Avait-il pensé à elle, pendant toutes ces années ? Avait-il gaspillé un seul instant à se demander ce qui se serait passé si… ?

— Cela te fait-il mal ?

Elle sursauta au son de la voix d'Arès. Puis elle suivit son regard jusqu'à son poignet rougi, où la trace de l'emprise cruelle de Vincenzo annonçait déjà son destin si elle ne trouvait pas un moyen de sortir de ce cauchemar.

— Euh... pas vraiment. Un peu.

De l'autre côté de la pièce, Vincenzo Bartorelli avait les yeux rivés sur eux tel un fauve surveillant sa proie.

— Puis-je te parler ? demanda Odessa, gagnée par la panique.

— Qu'est-ce qui te fait penser que nous avons quelque chose à nous dire ? Je ne suis ici que pour...

— Ton père. Je le sais. Mais...

Elle s'interrompit, la gorge sèche. Ne devrait-elle pas chercher une autre planche de salut que cet homme, qui avait déjà disparu de sa vie une fois ? Peut-être, mais elle n'avait pas le temps. Arès était le moindre entre deux maux.

— S'il te plaît, chuchota-t-elle, pressante. C'est important.

Un mélange de curiosité, de reproche et de suspicion se dessina sur son visage. Le cœur d'Odessa se serra, car il avait été un temps où il n'était question entre eux que d'échange, de partage et de l'ivresse de l'interdit.

— Important pour toi, peut-être, mais pas pour moi.

Le regard d'Arès se posa sur son père, qui s'entretenait avec le majordome du manoir, un homme au service de la famille Santella depuis bien avant la naissance d'Odessa. Elle sentit son estomac se retourner : Vincenzo se dirigeait droit sur eux !

— De plus, poursuivit Arès, je n'ai pas l'intention de rester ici assez longtemps pour...

— Odessa, tu m'accordes un peu de temps ? interrompit Vincenzo d'un ton impérieux – ce n'était pas vraiment une requête...

Elle jeta un regard implorant à Arès. Celui-ci demeura

silencieux. Plus ce silence s'étirait, plus les nerfs d'Odessa se tendaient, se tendaient, jusqu'à ce que la douleur irradie dans tout son corps.

Puis, alors qu'elle pensait n'avoir d'autre choix que de sceller son destin en éconduisant publiquement Vincenzo, Arès intervint d'un ton ferme et cassant :

— Cela devra attendre. Odessa a très mal au poignet. Il faut s'en occuper. Maintenant. Alors si vous voulez bien nous excuser...

Vincenzo, qui n'était pas habitué à se faire rabrouer de la sorte, s'empourpra. Il ouvrit la bouche pour répliquer, mais Arès ne lui en laissa pas le temps.

— On y va ? demanda-t-il à Odessa.

Elle hocha la tête. Alors Arès la prit par le coude et la conduisit vers la porte la plus proche. Le soulagement d'Odessa fut de courte durée : elle avait obtenu l'ouverture qu'elle cherchait, mais elle était loin d'être à l'abri. Il lui restait encore une montagne à gravir. Mais, tandis qu'elle marchait aux côtés de l'homme qu'elle avait cru autrefois lui être destiné pour l'éternité, elle comprit qu'il n'y aurait pas de retour en arrière. Il était hors de question qu'elle épouse Vincenzo Bartorelli. Elle préférerait mourir que de vivre à nouveau sous la coupe d'un homme.

Arès n'avait pas mis les pieds dans cette maison depuis plus de dix ans, et même à cette époque il était rarement autorisé à y pénétrer. Toutefois, il la conduisit sans hésitation dans la petite bibliothèque. Cette pièce toute simple avait toujours été la préférée de sa mère. Après la mort de celle-ci, Odessa avait redouté que son père ne la transforme en une autre pièce d'apparat surchargée, mais il l'avait laissée intacte. C'était devenu la pièce préférée d'Odessa, l'endroit où elle se sentait le plus proche de sa mère. Était-ce pour cette raison qu'Arès l'avait amenée ici ? S'en souvenait-il ?

Tournant le dos aux rayonnages et à la vue, il lui fit face, les yeux plissés et les bras croisés, dans une posture qui soulignait son impatience irritée.

— Je… euh… merci de m'accorder du temps, balbutia-t-elle.

Elle marqua une pause et se racla la gorge.

— Crache le morceau, Odessa. Je n'ai pas toute la journée.

Irritée par son attitude, elle releva le menton et lança :

— J'ai besoin de ton aide.

Pendant un long moment, il la regarda fixement, impassible.

— Passons sur le fait que tu penses avoir le droit de me demander quoi que ce soit et concentrons-nous sur le fait que tu m'imagines désireux de t'aider…

Son cynisme acide et goguenard la heurta de plein fouet. La dernière once de fierté qu'il lui restait l'exhortait à s'éloigner, à garder la tête haute et à combattre d'une autre manière le destin que d'autres avaient écrit pour elle.

Mais la façon dont il avait remis Vincenzo à sa place la conduisait à mettre sa fierté de côté et renforçait son espoir.

— Écoute, je ne te demanderais pas ton aide si je n'en avais pas *vraiment* besoin. De plus, tu…

… me dois quelque chose, aurait-elle ajouté si elle ne s'était pas mordu la langue pour s'en empêcher. Inutile de revenir sur cet épisode du passé, sur ce qu'elle avait fait pour assurer la sécurité d'Arès, sur les conséquences qu'elle avait subies pour avoir simplement fréquenté le fils du chauffeur de son père.

— Je quoi ? demanda-t-il, les sourcils froncés.

Elle secoua la tête.

— Aucune importance.

— Tu as trente secondes. Ensuite, je m'en vais, l'avertit-il dans un murmure doux et dangereux.

Il mettrait sa menace à exécution, Odessa n'avait aucun doute là-dessus. Après tout, ne l'avait-il pas déjà fait une fois, alors qu'il était bien plus jeune et bien moins menaçant qu'aujourd'hui ?

Elle le vit, hypnotisée malgré elle, décroiser les bras. Sa grande silhouette athlétique était dangereusement évocatrice. Sa seule existence était une sorte de tentation démoniaque.

Le silence s'installa. Il arqua lentement un sourcil, comme s'il était surpris par son audace de laisser ainsi s'égrener les secondes – et s'amenuiser ses chances de le convaincre.

Ça passe ou ça casse !

À ce qui sembla à Odessa être la dernière seconde du compte à rebours, elle prit une profonde inspiration et se jeta dans le vide :

— Avant la fin des funérailles de mon père, Vincenzo Bartorelli annoncera nos fiançailles. Je préférerais plonger nue dans l'Etna plutôt que de l'épouser. Alors j'aimerais… j'aimerais que tu dises que je t'épouse et non lui. Et en retour…

Dio ! Était-elle vraiment en train de proposer un tel marché ?

— Et en retour je te donnerai ce que tu veux.

2

C'était seulement parce qu'il exerçait un rigoureux contrôle sur ses émotions qu'Arès n'éclata pas de rire – ou alors seulement dans sa tête.

Il était coupé en deux cependant, car une partie de lui était un peu en colère de constater que cette femme continuait à faire naître en lui des émotions déroutantes, ce qui avait été le cas dès la première fois qu'il l'avait vue.

« Je préférerais plonger nue dans l'Etna… »

Cet accent mélodramatique était l'un des nombreux traits de la personnalité d'Odessa Santella qu'il s'efforçait depuis des années d'effacer de sa mémoire. Parce qu'il était inutile de se souvenir des espoirs qu'il avait nourris durant sa jeunesse. Ainsi, il avait rêvé d'être un jour celui qui ferait une proposition qui changerait leur vie. Avec le recul, il savait qu'il l'avait échappé belle. Pourtant, sa poitrine continuait à se serrer lorsqu'il regardait cette femme d'une beauté insensée, beauté qui n'avait fait que s'intensifier au fil du temps.

Il devait se sortir de cette situation absurde, retourner dans cette pièce où il n'avait jamais été autorisé à entrer lorsqu'il n'était que le fils du chauffeur du patron et insister auprès de son père pour qu'ils s'en aillent. Ce n'était pas faute de lui avoir dit que l'idée de venir ici était stupide !

Mais l'attitude d'Odessa l'interpellait, mélange de charme et de fierté acharnée. Était-ce ce qui l'empêchait de partir, ou bien était-ce la petite phrase provocante et... *excitante* qu'elle avait ajoutée ?

« En retour je te donnerai ce que tu veux. »

Il se détestait de ne pouvoir chasser de son esprit le souvenir que ces mots évoquaient. Il avait tellement eu envie de les entendre de sa bouche, autrefois !

La faire tienne, puis t'enfuir sans te retourner...

Il repoussa cette idée. Agir ainsi ne le rendrait-il pas aussi mauvais que les personnes qu'il méprisait de tout son être ? Que des hommes comme Elio Santella ? Comme Flávio ? Comme ce crétin de Bartorelli, avec sa violence et son regard visqueux de convoitise ?

— Je sais que tu m'as entendue, marmonna-t-elle.

Arès posa les yeux sur ses lèvres pleines et sensuelles, cette bouche qu'il n'avait eu l'occasion de goûter qu'une seule fois avant d'en être arraché ; ces lèvres qu'elle avait utilisées pour le trahir, le rejetant comme s'il était moins que rien.

— Dis quelque chose, insista-t-elle.

— Tu veux vraiment que je dise quelque chose ? Parce qu'il y a de fortes chances que tu n'obtiennes pas la réponse que tu souhaites entendre.

Lorsqu'elle déglutit, il se focalisa sur son cou gracile, sa peau qu'il savait si douce.

Reprends-toi, Arès !

Il ne voulait pas se laisser entraîner par le désir sur un chemin cahoteux où la trahison l'attendrait au tournant. Odessa releva le menton et posa les poings sur les hanches. Cette attitude bravache, alors qu'elle semblait se trouver dans une situation désespérée, fut peut-être ce qui l'empêcha de s'éloigner. Car soudain l'envie de lui faire ravaler sa fierté, de dompter cette attitude de défi, de voir Odessa s'effondrer complètement, brisait sa détermination. Il était tellement tentant de remporter cette victoire !

— Oui, je veux connaître ta réponse, répondit-elle d'une voix ferme, sans détourner le regard.

Une fois de plus, il ressentit l'envie de rire face à l'absurdité de cette situation, dans laquelle jamais il n'aurait dû se retrouver. Tout ça parce que son père, bonne pâte, avait eu la faiblesse de pardonner aux Santella pour la manière dégradante dont il avait été traité. Même s'il éprouvait pour lui une affection débordante, Arès de son côté n'avait rien oublié, rien pardonné. La dévotion aveugle de Sergios pour son employeur avait trop coûté à sa propre famille. Certes, la trahison ultime avait été celle de sa mère, mais Arès ne pouvait s'empêcher d'éprouver un peu d'amertume quand il songeait aux conséquences de l'attitude de son père.

— Très bien alors, dit-il lentement, avec un soupçon de perversité. Ma réponse est... non.

Ce fut comme si seul l'orgueil avait permis à Odessa de se tenir droite. Elle chancela, ses épaules s'affaissèrent, elle pâlit et sa lèvre inférieure se mit à trembler. Ses incroyables iris argentés, qui hantaient ses rêves depuis bien trop longtemps, se floutèrent. Elle cilla. Son regard désormais absent fit le tour de la pièce, puis se reposa sur lui, comme si elle ne savait pas s'il devait le croire ou non. Il le soutint, impitoyable, jusqu'à ce qu'elle baisse les yeux.

— Je vois..., murmura-t-elle d'une petite voix.

Dans le silence qui s'installa, Arès se surprit à retenir son souffle, l'estomac noué. Il se rendit compte qu'il attendait quelque chose de plus d'elle. Qu'elle se batte pour lui avec plus d'ardeur ?

Oui.

Lorsqu'il comprit qu'elle ne réagirait pas, la confusion gagna ses pensées. Elle n'allait pas se battre, tout comme elle ne s'était pas battue à l'époque. Était-ce parce que, bien que le considérant comme un dernier recours, elle le jugeait toujours inférieur à elle ?

— Si tu ne veux pas épouser cet idiot aux mains baladeuses, pourquoi ne pas tout simplement le lui dire ?

— As-tu oublié comment les choses fonctionnent, ici ?

Arès grimaça. Non, il n'avait pas oublié. Mais n'était-elle pas la princesse du manoir ? Ou, mieux encore, la reine désormais ?

— Ton père est mort. Tu es sûrement libre de faire ce que tu veux, maintenant.

Un pli amer étira les lèvres d'Odessa, sur lesquelles elle se passa la langue. Ce simple mouvement envoya une onde brûlante dans son bas-ventre. Bon sang ! Est-ce que rien n'avait changé ? Cette femme était-elle toujours capable de lui faire cet effet ?

— Apparemment, mon cher papa s'est assuré de diriger ma vie même depuis la tombe.

Il serra les poings. Le souvenir de la brute impitoyable et avide de pouvoir qu'avait été Elio, un homme qui faisait passer ses intérêts avant tout, y compris sa propre fille, l'enrageait. Arès avait fait fi des menaces et des railleries du patron du crime, mais la blessure causée par la trahison d'Odessa n'avait jamais vraiment cicatrisé.

Il s'en voulait de ne pas avoir réussi à faire payer Santella pour la façon dont il avait traité son père. Il pensait avoir le temps de préparer sa vengeance, aussi avait-il été stupéfait d'apprendre que le mafieux avait succombé à un cancer quelques mois avant son soixantième anniversaire.

En venant assister aux funérailles, il avait brièvement songé à transférer sa soif de vengeance sur Odessa, mais il avait très vite écarté cette idée.

« Tout ce que tu veux... »

Arès devait bien s'avouer que la perspective était séduisante. Il pouvait imaginer nombre de moyens délicieux de prendre sa revanche sur Odessa, dans toutes les positions... À mesure que ses fantasmes se développaient, une érection malvenue tendait son boxer.

Heureusement, un bruit de pas dans le couloir le ramena au réel. Odessa tourna la tête vers la porte et se décomposa. Une rage sauvage, primitive, s'empara d'Arès à la pensée que Bartorelli était responsable de cette expression paniquée. Il détestait l'idée que cet homme puisse toucher Odessa. Que *n'importe quel* homme puisse la toucher, s'il était honnête avec lui-même.

Elle se dirigea vers la porte d'un pas hésitant. Impulsivement, Arès la rejoignit et l'arrêta, un bras autour de sa taille. De son autre main, il lui prit le menton pour qu'elle se concentre à nouveau sur lui. Comme lorsqu'il l'avait conduite hors du salon de réception, la sensation de sa peau sous ses doigts lui coupa le souffle. Il était hypnotisé par son pouls, qui battait à une vitesse folle à la base de son cou. C'était un moment enivrant. Dangereux. Il se ressaisit.

— C'est tout ce que tu vas dire, « je vois » ?

L'argent de ses prunelles entra en fusion, on aurait dit deux fascinants puits de mercure liquide.

— Tu veux que je te supplie ? lança-t-elle. C'est ce que tu attends de moi ?

— Ce serait un bon début...

Elle frémissait de colère rentrée, comme si elle se battait intérieurement contre sa fierté.

— Je n'aurais jamais imaginé que tu deviendrais un sadique.

— Il semble que nous apprenions de nouvelles choses l'un sur l'autre.

Elle ouvrit la bouche pour répliquer, mais à cet instant des coups forts furent frappés à la porte. Il ne saurait jamais ce qu'elle s'apprêtait à lui dire, tout comme il ne saurait jamais ce qui se serait passé entre eux si elle ne l'avait pas autrefois trahi.

Elle devint livide. Il serra les dents. Il détestait la voir dans cet état. Il détestait absolument tout de cette journée. Et son humeur s'assombrit encore lorsque quelqu'un commença à ouvrir la porte sans sa permission.

Sur un coup de tête, il enroula les doigts autour de la nuque d'Odessa et fit basculer son visage vers le sien.

— Nous en reparlerons plus tard. Mais pour l'instant...

Alors, Arès céda à la tentation noire et profonde qui le poursuivait depuis qu'il avait aperçu Odessa penchée au-dessus de la tombe de son père.

Son baiser étouffa le petit hoquet de surprise d'Odessa. Ses lèvres étaient aussi exquises que dans son souvenir – comment avait-il pu se passer aussi longtemps de leur douceur ? Toutefois, il se détestait qu'elles lui fassent autant d'effet.

Il plaqua Odessa contre lui et se délecta de ses courbes affolantes qui semblaient avoir été dessinées pour s'emboîter à son corps. Elle poussa un gémissement et entrouvrit les lèvres, les bras serrés autour de sa taille. Il avait le sentiment grisant d'obtenir réparation pour tout ce qui lui avait été refusé avec cette femme. Et cela le soulageait de constater qu'elle était aussi impuissante que lui face à la folie de ce moment.

Arès ignora le raclement de gorge gêné de l'intrus et mêla sa langue à celle d'Odessa, incapable de résister au tourbillon sensuel qui les emportait.

Soudain, Odessa recula brusquement et, les deux mains sur son torse, le repoussa pour tenter de mettre de la distance entre eux. Il prit son temps pour la relâcher, légèrement mais pas totalement, puis il tourna la tête pour découvrir leur visiteur indésirable.

— Flávio.

Si Arès avait méprisé Elio, le jeune frère de celui-ci venait en deuxième position sur sa liste. Flávio avait toujours marché dans les pas de son aîné et exécuté ses ordres sans le moindre scrupule. C'était lui qui lui avait transmis le message empoisonné d'Elio ; cela avait déclenché les événements qui avaient éloigné Arès de cette demeure.

Il vit Flávio prendre conscience de la situation. Son regard calculateur disait clairement qu'il cherchait comment la tourner à son avantage.

— Je ne me souviens pas t'avoir donné la permission d'entrer.

Une brève grimace malveillante déforma les traits de Flávio, mais il ne répliqua pas. Dix ans auparavant, il aurait réagi différemment. Il y avait une certaine fierté à voir que désormais il imposait le respect à un homme qui autrefois le traitait comme un larbin. Mais en le défiant il mettait la position d'Odessa en péril. Et, à en juger par la façon dont elle s'était raidie et essayait à nouveau de s'éloigner de lui, elle en avait conscience.

— Ne bouge pas, lui glissa-t-il à l'oreille.

Elle semblait tiraillée entre son désir de rébellion, étouffé par des années d'oppression familiale, et sa volonté de lui complaire puisqu'elle avait besoin de lui. Elle tenta de se soustraire à son étreinte. Dans le mouvement, sa main frôla son érection et Arès dut retenir le gémissement qui lui montait aux lèvres. Une bouffée de son parfum épicé lui parvint aux narines, augmentant son degré d'excitation.

— Si tu veux mon aide, il faut m'obéir, lui chuchota-t-il.

Elle s'immobilisa et le dévisagea en plissant les yeux. D'un battement de cils, elle acquiesça. Alors, il lui posa une main au creux du dos et pivota vers Flávio.

— Tu es encore là ? Est-ce qu'on peut t'aider ?

— L'absence de ma nièce est remarquée. C'est tout de même l'enterrement de son père. J'imagine que personne ne veut susciter d'interrogations malvenues...

Arès ricana, ouvertement moqueur.

— Vraiment ? Depuis quand te soucies-tu des convenances ?

Le regard de Flávio se posa sur la main d'Arès posée sur la taille d'Odessa. Son expression se crispa.

— Odessa est une femme honorable. Il ne faudrait pas que sa réputation soit entachée.

— Nous savons tous les deux que son honneur n'est pas la raison de ta présence ici, répliqua-t-il sèchement. Vas-y, nous te suivons.

Flávio fit mine d'hésiter, puis il tourna les talons et sortit, claquant la porte en signe de mécontentement.

— Tu n'aurais pas dû faire ça, déclara Odessa en secouant la tête de dépit. Il ne faut jamais provoquer une vipère.

Il fit glisser ses doigts le long des bras nus de la jeune femme, et apprécia les frissons qui s'ensuivirent.

— Arès..., soupira-t-elle d'un ton de reproche, comme on gronderait un enfant trop turbulent.

Quelque chose de dur, de chaud et de décadent le transperça en entendant son prénom sur ses lèvres après tout ce temps. Cela le ramena à l'époque où il n'était que le fils du chauffeur envoûté par la princesse du manoir. L'effet érotique qu'avait la voix d'Odessa sur lui n'avait pas entièrement disparu. Ce constat l'agaça un peu, car il ne pouvait le contrôler, mais après tout ce n'était peut-être pas si mal pour la suite des événements d'avoir une libido à son maximum...

— Allons voir si nous avons été efficaces ! lança-t-il.

Il prit la main d'Odessa et l'entraîna à sa suite.

Arès s'arrêta juste avant le seuil du grand salon de réception, dont la porte était ouverte. Il posa alors la main droite sur la joue d'Odessa.

— Tu me donneras tout ce que je veux, n'est-ce pas ? Ce sont toujours tes conditions ?

Elle écarquilla les yeux, puis cilla.

— Je...

— Oui ou non ? coupa-t-il, impérieux.

Elle prit une grande inspiration. Elle avait visiblement conscience d'être coincée entre le marteau et l'enclume. L'insupportable attente dura trois bonnes secondes.

— Oui, répondit-elle finalement.

Ce simple mot lui fouetta le sang. Le sentiment de triomphe qui électrisait chacune des cellules de son corps était encore plus puissant que celui qu'il avait ressenti après sa dernière transaction immobilière de plusieurs milliards de dollars. Mais il devait bien se garder de se réjouir trop vite : il ne pactisait pas avec n'importe quelle femme, mais avec Odessa Santella...

— J'espère qu'un serment signifie plus pour toi aujourd'hui qu'il y a dix ans, *agapita*. Dans le cas contraire, tu le regretteras amèrement.

Il passa un bras autour de sa taille et l'attira contre lui. Ils faisaient face à l'assistance désormais silencieuse. Tous les regards étaient braqués sur eux. Arès observa lentement les visages, cataloguant les hommes qui poseraient problème et auraient besoin d'être manipulés et ceux qui étaient désireux de s'attirer ses bonnes grâces. Il s'attarda plus longuement sur Bartorelli et décela le moment où celui-ci comprit qu'il avait été battu.

Le regard d'Arès se porta alors sur son père. Jusqu'à cet instant précis, il n'était pas tout à fait certain d'aller au bout de cette folie – même s'il comptait s'assurer qu'Odessa serait soustraite aux menaces qui pesaient sur elle, pour une récompense qui resterait à déterminer. Parce qu'elle était et devait rester à sa place : dans son passé. Mais l'éclair d'espoir qui dansait sur le visage de son père scella sa décision.

Arès tourna la tête vers celle qui avait autrefois exercé sur lui une fascination compulsive ; et qui continuait d'avoir sur lui une emprise absurde dont il devait se débarrasser une fois pour toutes.

Peut-être t'a-t-elle donné les outils pour le faire, songea-t-il fugacement.

— Toutes nos excuses pour notre absence, commença-t-il d'une voix forte. Odessa et moi étions en train de... refaire connaissance.

Son ton dégoulinait volontairement de sous-entendus.

Il attira Odessa encore plus près de lui, lui prit la main et la porta à ses lèvres. Il capta sa surprise et la vit rougir.

— J'ai bien conscience que ce n'est pas le lieu idéal pour vous annoncer la grande nouvelle, poursuivit-il, mais nous sommes trop impatients de la partager.

— Quelle nouvelle ? intervint Flávio d'une voix tendue.

Arès laissa planer le suspense le temps d'un lent sourire.

— Votre charmante nièce vient d'accepter ma demande en mariage. Odessa et moi allons nous marier. Très bientôt.

Oh ! mon Dieu !

Odessa fut prise de vertige tandis que l'écho du coup de tonnerre d'Arès résonnait dans tout son corps.

Il venait d'annoncer...

Oh ! mon Dieu ! Mon Dieu !

Elle avait réussi !

De sa main libre, elle se pinça la cuisse pour vérifier qu'elle ne rêvait pas. La douleur lui confirma que le miracle avait bien eu lieu : son pari audacieux avait été couronné de succès.

Mais à quel prix ?

Parce que la main ferme posée sur sa taille, la mise en garde quant au respect de la parole donnée, le regard dur malgré le sourire charmeur : tout indiquait qu'Arès Zanelis ne lui venait pas en aide par pure bonté d'âme. D'ailleurs, n'avait-il pas tout d'abord froidement refusé ? Elle allait devoir lui payer un lourd tribut, elle le devinait au plus profond d'elle-même.

Et, tandis que les chuchotements excités avaient remplacé les exclamations de surprise, elle n'avait plus aucun doute sur le fait qu'elle avait vraiment jeté un gros pavé dans la mare. Mais elle avait échappé aux griffes de Vincenzo et de son oncle… Peut-être qu'elle tombait de Charybde en Scylla, elle le saurait bien assez tôt.

Elle chassa ces pensées angoissantes lorsque Arès se pencha à son oreille, que ses lèvres effleuraient presque. Une nouvelle cascade de frissons la parcourut, lui rappelant avec force la façon dont elle avait réagi à ce baiser.

Seigneur, elle l'avait laissé l'embrasser à l'enterrement de son père… Elle avait même *succombé* à ce baiser.

— Je sais que tu es en deuil, mais essaie au moins de sourire, *agapita*. C'était ton vœu, après tout, et il vient d'être exaucé. Agis en conséquence.

Il avait raison. Odessa esquissa donc un sourire forcé. Elle soupçonnait que les invités qui s'avançaient vers eux étaient poussés par une curiosité malsaine. Elle fut reconnaissante à Arès de lever la main pour les arrêter.

— Veuillez respecter le fait que ma fiancée pleure son père. Si vous nous souhaitez des vœux de bonheur, nous l'acceptons avec gratitude, mais je suis sûr que vous comprendrez qu'elle aimerait laisser ce moment pénible derrière elle avant d'aborder un sujet plus joyeux.

Puis il la guida à travers la pièce vers Sergios, qui arborait un sourire de satisfaction rentrée. Il lui prit la main avec chaleur.

— Ma chère, permets-moi d'être le premier à te souhaiter la bienvenue dans notre famille. Tu n'as pas idée du bonheur que tu procures au vieil homme que je suis !

Surprise par les effusions enthousiastes de Sergios et les larmes qui perlaient à ses paupières, elle adressa un regard interrogateur à Arès. Celui-ci lui retourna un léger froncement de sourcils – en guise d'avertissement, lui sembla-t-il.

Lorsque Sergios se retourna pour s'adresser en grec à son fils, la consternation submergea Odessa.

Qu'avait-elle fait… ?

Elle n'avait pas pensé aux sentiments de Sergios lorsqu'elle avait mis au point son plan désespéré. L'idée de lui faire de la peine l'étouffait tant qu'elle avait du mal à respirer. Était-il trop tard pour…

— Plus de place pour les regrets, *eros mou*, chuchota Arès à son oreille, comme s'il avait lu dans ses pensées.

Ces paroles résonnèrent dans sa tête pendant l'heure suivante. Les invités partirent peu à peu. Enfin, ils se retrouvèrent seuls avec Flávio, Vincenzo et une poignée de parents éloignés. Sergios était allé voir le petit-fils nouveau-né du majordome, une manœuvre qu'elle soupçonnait qu'Arès avait orchestrée. Vincenzo n'attendit pas longtemps avant de s'avancer vers elle, l'air furibard. Il se planta devant Arès.

— Je ne sais pas pour qui vous vous prenez, mais…

— Je crois que nous n'avons pas été présentés dans les règles, l'interrompit froidement Arès. Je suis Arès Zanelis, le fiancé d'Odessa. Et vous êtes… ?

Vincenzo s'empourpra, indigné. Il rendait bien vingt centimètres à Arès, qui le toisait d'un air de s'ennuyer à l'extrême. Il se tourna vers son oncle.

— Flávio, dis à ce petit parvenu qui je suis, veux-tu ?

— C'est Vincenzo Bartorelli. Un… une relation d'affaires.

Odessa retenait son souffle. La tension était extrême. À sa grande surprise, Flávio et Arès échangèrent un regard de connivence, que Vincenzo déchiffra. Ses yeux de fouine se rétrécirent et passèrent d'elle à Arès, puis à Flávio. Ses doigts étaient si serrés autour de son verre qu'elle craignit qu'il ne se brise.

— Vous le regretterez tous, gronda-t-il.

Un frisson glacial lui parcourut l'échine, mais Arès écarta la menace avec flegme.

— J'en doute sincèrement.

Avec un juron, Vincenzo tourna les talons et quitta la pièce.

— Maintenant que ce problème est réglé, dit Flávio, il me semble que nous devons discuter. Vous auriez pu me prévenir avant de faire cette annonce.

La mâchoire d'Arès se crispa.

— Nous discuterons pendant que ma fiancée fera ses valises.

— Quoi ? se rebella Odessa. Je ne pars pas de...

— Tu préfères rester ici ? la coupa Arès.

Elle devait bien admettre que non. Mais elle ne s'attendait pas à un tel bouleversement aussi tôt. Et tandis qu'une partie d'elle se sentait soulagée une autre ne pouvait s'empêcher de se demander ce qui l'attendait. Car ils n'avaient même pas évoqué la contrepartie d'Arès. Et compte tenu des circonstances de leur séparation, dix ans auparavant, elle pouvait s'attendre au pire...

Son estomac se noua. Elle passa de la peur à l'excitation, puis à l'appréhension : et si elle ne pouvait pas remplir sa part du marché ?

— Odessa ? insista Arès.

— Je... j'ai besoin d'un peu de temps pour faire mes valises, bredouilla-t-elle.

Arès interrogea Flávio du regard. Celui-ci haussa les épaules.

— Certaines choses ont été décidées depuis longtemps et il ne sera pas facile de revenir dessus...

Le regard que lui décocha alors Arès était tellement noir que son oncle se reprit aussitôt et s'empressa d'ajouter :

— Mais tout va bien se passer, car je n'ai que vos intérêts à cœur.

Odessa faillit éclater de rire. Le matin même, son oncle avait l'intention de suivre les souhaits de son défunt frère et de la vendre sans son consentement à un homme cruel, violent et deux fois plus âgé qu'elle.

— Finissons-en, lança Arès à Flávio.

Ce dernier acquiesça. Ils se dirigèrent vers la porte. En voyant la démarche décidée d'Arès, Odessa songea que la légèreté espiègle du jeune homme qu'elle avait connu dix ans auparavant avait disparu, laissant place à une présence imposante, magnétique, qui avait sur elle un effet au moins aussi dévastateur.

Il se retourna d'un mouvement preste et la surprit les yeux rivés sur lui. Une couche de tension sembla s'évaporer et une esquisse de sourire courba ses belles lèvres.

— Je te donne une heure, Odessa. Pas une minute de plus.

Elle ravala un hoquet de surprise : une heure pour laisser plus d'un quart de siècle derrière elle.

Dans sa chambre, Odessa, songeuse, passait en revue les nombreuses possessions auxquelles elle ne s'était jamais attachée – vêtements haute couture, bijoux, accessoires de mode hors de prix. En tant que parrain du crime organisé, son père avait toujours insisté pour que sa fille l'accompagne aux soirées, dîners, événements mondains, et se présente sous son meilleur jour ; les rares fois où il l'avait autorisée à sortir seule, c'était pour fréquenter les filles d'autres hommes influents et puissants de son acabit.

Elle se souvenait que sa mère détestait être ainsi exposée en permanence ; Odessa, elle, avait simplement considéré que c'était une corvée à laquelle elle ne pouvait échapper. Chaque collier, chaque robe griffée, chaque manteau lui rappelait un événement festif auquel elle avait participé sans joie, y compris ses anniversaires.

— Tu n'as pas fait tes valises ?

Elle sursauta en entendant la voix traînante d'Arès. Elle se retourna. L'épaule appuyée au chambranle de la porte, il désigna d'un geste du menton la valise ouverte sur le lit. Vide. L'heure était-elle déjà passée ? Elle était tellement perdue dans ses souvenirs et ses pensées qu'elle n'y avait prêté aucune attention.

— Pas encore tout à fait, répliqua-t-elle, ironique.

— C'est parfait, alors. Parce que tu n'emportes rien avec toi.

— Ah bon ? Et pourquoi ?

— Y a-t-il quelque chose ici à quoi tu tiennes un tant soit peu ? demanda-t-il.

Elle aurait voulu protester, mais elle était soulagée de laisser derrière elle tous ces biens synonymes d'oppression sous la coupe impitoyable de son père.

N'es-tu pas sur le point d'échanger une version de l'enfer contre une autre ? Cet homme a brisé tes rêves. Il est parti sans se retourner.

Non, ce chemin était celui qu'elle avait choisi. Et, si Arès avait acquis une réputation d'homme impitoyable, elle voulait croire qu'il n'était pas devenu cruel.

— Odessa ?

Elle se rendit compte qu'elle était en train de le dévisager fixement, comme si elle cherchait sur ses traits des traces d'une possible cruauté.

— Qu'est-ce que tu te dis ? insista Arès.

— Je me demande si tu seras aussi cruel avec moi que l'était mon père, avoua-t-elle sans ambages.

Elle ne ferait plus confiance à quiconque aussi innocemment et aveuglément qu'elle l'avait fait avec lui autrefois. C'était la seule façon pour elle de se protéger. Après tout, si elle ne plaçait pas de faux espoirs en Arès, elle ne pourrait pas être déçue, si ?

Il s'était raidi. Il s'approcha d'elle et glissa les doigts dans ses cheveux, l'air outré.

— Tu oses me comparer à ce monstre ? gronda-t-il.

— Je pensais te connaître, à l'époque. Mais je me suis trompée sur toi, alors qui sait ?

— Toi, tu sais. Mais tu choisis de ne pas t'en souvenir. C'est facile de te convaincre que ce qui t'arrive en ce moment est entièrement la faute des autres ; pourtant, tu portes une part de responsabilité.

— Je ne suis pas d'accord. Et les gens changent, j'en ai la preuve juste devant moi.

— Non, les gens ne changent pas, affirma-t-il d'un ton dur. Parfois, ils cachent simplement leur personnalité jusqu'à ce que cela leur convienne de l'exposer au grand jour. Certaines personnes autour d'eux peuvent choisir de ne pas s'en apercevoir.

Odessa se mordit la lèvre. Il parlait d'elle, bien sûr. Elle mourait d'envie de lui parler de Paolo Romani, de lui expliquer ce baiser qui le hantait. Mais avant qu'elle n'ait pu trouver les mots il s'éloigna. Tout comme il s'était éloigné sans un regard en arrière cette nuit-là, après avoir joué le triple rôle de juge, de juré et de bourreau.

Ne l'oublie jamais ! s'intima-t-elle.

— Il est temps de partir, Odessa.

Pas sans les réponses qu'il lui manquait.

— De quoi as-tu discuté avec mon oncle ?

— Aucune importance, balaya-t-il.

Ça en a pour moi ! fut-elle sur le point de répliquer, mais à quoi bon ? Il valait même mieux pour son équilibre mental et émotionnel ne rien savoir des tractations entre ces deux-là. Toute sa vie, elle avait été un pion pour les hommes de sa famille, tous avides de pouvoir.

Plus jamais ! résolut-elle.

Elle leva le menton et aperçut dans les yeux d'Arès un éclair qui ressemblait à de l'admiration. Il jeta alors un coup d'œil impatient à sa montre. Odessa se dirigea vers sa table de chevet. Elle ouvrit le tiroir et en sortit ce qu'elle avait de plus précieux : le médaillon de sa mère. Il contenait la seule photo qu'elle possédait de Renata Santella. Peu après la mort de celle-ci, son père s'était débarrassé de tout le reste dans un accès de colère alcoolisée, comme par hasard un soir où Odessa dormait chez une copine. C'était l'une des nombreuses choses qu'elle ne lui avait jamais pardonnées.

Arès s'approcha.

— Tu l'as toujours ? demanda-t-il d'un ton bourru.

Elle se saisit du délicat médaillon.

— Certaines choses valent la peine qu'on s'y accroche. Quoi qu'il arrive.

Tout en se demandant pourquoi elle avait dit cela, elle leva les yeux. Elle vit alors passer sur le visage d'Arès un voile de douceur. Aussitôt, son expression redevint dure, fermée, et il s'éloigna. Elle en profita pour attraper la carte de crédit que sa mère avait réussi à cacher et à lui transmettre. Il y avait cinq mille euros sur le compte, en cas de coup dur. Or, elle ignorait de quoi demain serait fait, puisqu'elle ne savait toujours pas quel serait le prix à payer à Arès pour l'avoir libérée.

Elle fourra à la va-vite dans la valise quelques pantalons, hauts, chaussures et sous-vêtements, puis la referma. Arès la souleva d'une main, et de l'autre lui prit le coude pour la guider vers la sortie.

Son cœur s'emballa lorsqu'elle vit Flávio qui attendait dans le grand hall, un sourire hypocrite aux lèvres. Il l'évaluait du regard, cherchant sans doute à savoir si elle avait ruiné l'arrangement qu'il avait conclu avec Arès. Il dut comprendre que cela n'avait pas été le cas, car il s'avança vers elle les bras grands ouverts.

En l'étreignant, il lui chuchota en italien :

— Tu m'as surpris, chère nièce. Je ne pensais pas que tu parviendrais à réussir un tel coup. Bravo ! Tu es une vraie Santella. Mais n'oublie pas d'où tu viens. Et n'oublie pas que je te surveillerai.

— Qu'est-ce qu'il t'a dit ? demanda Arès une fois qu'ils furent à l'extérieur, sous le soleil de la fin d'automne.

— Rien d'important.

Elle n'avait plus qu'une envie, désormais : quitter cet endroit le plus vite possible. Ils descendirent les marches du perron, au pied desquelles les attendait une limousine rutilante. Le chauffeur en était sorti et tenait ouverte la portière arrière. Après avoir posé sa valise, que le chauffeur rangea dans le coffre, Arès aida Odessa à s'installer, puis la suivit dans le vaste habitacle.

Odessa fut surprise de ne pas voir Sergios.

— Ton père ne vient pas avec nous ?

— Si, bien sûr, répondit Arès tandis que le chauffeur démarrait.

Elle constata qu'il se dirigeait vers la partie du domaine où logeaient les employés. C'était là qu'Arès et son père vivaient, autrefois.

Odessa avait évité cette partie du domaine ces dernières années, principalement à cause de l'homme qui était assis à côté d'elle. C'était dans l'orangeraie, non loin du quartier des employés, qu'Arès l'avait embrassée pour la première fois. Là où il l'avait caressée, lui avait murmuré à l'oreille des mots grecs qu'elle n'avait pas compris et l'avait fait rêver à l'impossible.

Après le départ d'Arès, il avait été inconcevable d'y remettre les pieds tant les souvenirs étaient douloureux. De plus, son père avait menacé tous les domestiques de représailles s'ils la laissaient approcher, croyant à tort qu'ils avaient été complices de sa liaison secrète avec le fils du chauffeur. Il avait mieux valu pour tout le monde qu'elle reste à l'écart.

— Hantée par tes démons, *agapita* ? demanda Arès d'une voix rocailleuse.

Elle se ressaisit. La limousine s'arrêta devant l'entrée du bâtiment.

— Mes démons ? Et si on parlait des tiens ? À moins que le grand Arès Zanelis n'en ait pas...

— Tu t'es améliorée dans l'art de détourner la conversation, mais tu n'as toujours pas répondu à ma question...

Sur le point de répliquer vivement, elle renonça en voyant Sergios approcher, suivi par le majordome du manoir, qui tenait son petit-fils dans ses bras. Arès se crispa, le regard fixé sur son père. D'insondables expressions se succédèrent rapidement sur son visage, mais Odessa n'eut pas le loisir d'y penser plus avant : un groupe d'employés s'approchait de la limousine. Elle en sortit et fut immédiatement entourée de bienveillance. On l'étreignit, lui souhaita plein de bonheur, lui murmura des au revoir touchants. Toutes ces manifestations d'affection, qui semblaient sincères, lui serrèrent la poitrine de honte.

Arès sortit à son tour et parla en grec à son père. Celui-ci hocha la tête, caressa la joue du nourrisson avec une expression de profonde nostalgie, salua chaleureusement son vieil ami majordome, puis tous trois regagnèrent la limousine.

Odessa nota l'expression de profonde introspection sur le visage d'Arès, dont le regard s'attardait sur son père.

Il y avait là un mystère qui la fit frissonner.

3

Odessa, d'un calme olympien, garda le regard fixé devant elle tandis qu'ils franchissaient les immenses et ostentatoires grilles dorées qui protégeaient l'entrée du domaine Santella.

— Où allons-nous ? finit-elle par demander.

C'était une question raisonnable, et Arès était surpris qu'elle ne l'ait pas posée avant. Il avait envie de lui rétorquer que n'importe quel autre endroit sur terre était préférable à celui qu'elle quittait en cet instant.

Aurait-elle demandé à un autre homme de l'épouser s'il n'avait pas été présent ? Cette idée le glaçait et le dégoûtait. L'instinct de protection qu'il ressentait à son endroit le troublait. Il devait aussi gérer le regard de plus en plus interrogateur de son père, de plus en plus pesant. Alors qu'il se confiait volontiers à lui, il était curieusement réticent en ce moment à l'idée de divulguer ses pensées les plus intimes. Parce qu'il n'était pas encore sûr de ses intentions ? Parce que ce projet le perturbait au plus haut point et que, malgré cela, il ne parvenait pas à y renoncer ?

— Nous prenons l'avion pour Rome, répondit-il finalement. J'ai des affaires à régler là-bas demain. Ensuite, nous rentrerons à Athènes. Après cela… nous verrons bien.

Les yeux d'Odessa s'écarquillèrent un peu, mais elle

acquiesça sereinement, dans une posture presque princière. Elle jeta un coup d'œil par la fenêtre, puis pivota jusqu'à regarder disparaître par la lunette arrière le manoir tape-à-l'œil et oppressant où elle avait grandi.

Il lui prit le menton et l'obligea à lui faire face.

— Ne regarde pas en arrière, Odessa. À partir d'aujourd'hui, tu regardes vers l'avant.

Il avait voulu lui donner un ordre, mais ses paroles avaient plus ressemblé à la promesse d'un vieil ami bourru désireux de lui donner du courage. Comme dans la chambre un peu plus tôt, les grands yeux argentés d'Odessa se rivèrent aux siens et une onde électrique alarmante le secoua. Il lui lâcha le menton avant de faire une folie.

Il en avait assez fait pour aujourd'hui.

Arès nota que son père semblait content de lui-même, comme s'il avait réussi un beau coup. Cela lui rappela combien Sergios avait insisté pour assister à l'enterrement d'Elio, puis son empressement à se rapprocher de la fille de son ancien patron. Avait-il eu une idée derrière la tête ?...

Bon sang ! pourquoi était-il aussi perturbé et tendu ? Cela ne pouvait pas seulement s'expliquer par le parfum troublant d'Odessa. Le trajet jusqu'à l'aéroport privé fut heureusement court, mais la bouffée d'air frais qu'il respira en sortant ne fit rien pour apaiser sa tension ni pour ôter de ses sens le parfum séduisant d'Odessa. Son coup de cœur pour elle, des années auparavant, l'avait conduit sur un chemin dangereux.

Mais il n'était plus le même homme.

Et dorénavant Odessa Santella se plierait à ses quatre volontés.

Lorsque Arès, en peignoir, sortit de la salle de bains, il trouva son père dans sa chambre, l'une des trois suites royales du palace romain dont il était propriétaire. Sergios était en train d'admirer la vue sur le Colisée et la ville en contrebas.

— Qu'est-ce que tu fais là ? demanda-t-il. Tu devrais te reposer.

— Je me reposerai quand je serai fatigué, répliqua son père avec un grand sourire.

— Y a-t-il quelque chose qui te préoccupe ?

— À part toi ? Non.

Arès leva les yeux au ciel. Inutile de faire comme s'il ne savait pas de quoi parlait son père. Aucun faux-semblant ne voilait plus leur relation depuis bien longtemps, depuis que la cruauté du sort et le chagrin de la perte les avaient unis par un lien indéfectible.

Il n'était qu'un enfant lorsque sa mère avait perdu la vie dans un accident de voiture, en même temps que son nouvel amant et que Sofia, la petite sœur d'Arès, alors âgée de deux ans. Au moment de cette tragédie, sa mère avait déjà déserté le foyer familial depuis six mois, et affirmé que Sofia n'était pas la fille de Sergios – une vengeance vicieuse et cruelle pour la négligence supposée de son mari. Ce dernier s'était pourtant plié en quatre pour lui donner la vie qu'elle désirait, malgré les exigences souvent exagérées d'Elio Santella – le père d'Odessa avait été un patron tyrannique, imposant une disponibilité totale à son chauffeur. Sergios avait été détruit par le drame, englouti par le chagrin d'avoir perdu la fille qu'il avait à peine eu le temps de connaître, et ne s'était jamais pardonné les erreurs qu'il avait commises. Il avait toutefois très vite relevé la tête, pour le bien de son fils.

Arès ne l'avait jamais oublié et ne l'oublierait jamais.

— Je sais que cela semble soudain, dit-il, mais je sais ce que je fais.

— Tu en es sûr ?

Arès fuit le regard de son père.

— Ne t'inquiète pas.

— Oh ! je ne m'inquiète pas ! Au contraire, je pense qu'Odessa est parfaite pour toi.

Arès se raidit, et un coup de poing ressemblant à de la panique le frappa au ventre.

— C'est pour cela que tu as insisté pour assister aux funérailles ? Parce que tu espérais ce résultat ?

— Quel résultat ? Fais-tu référence à l'histoire inachevée entre vous deux ? À ce qui vous a empêchés d'atteindre le bonheur ?

Des frissons chauds et froids le traversèrent à ces mots prononcés avec gravité.

— Le vrai bonheur est un mythe, grommela-t-il. Et personne n'est parfait, *baba*. Tu le sais, non ?

Il se reprocha l'éclair de douleur qui traversa le visage de son père. Il n'ignorait pas que sa sœur aurait eu trente ans cette année si elle avait vécu, et son père le savait mieux que quiconque.

— Je sais ce que je fais, reprit il. Et, s'il te plaît, ne te fais pas trop d'illusions, d'accord ?

Son père le regarda pensivement. Puis il se dirigea vers lui et lui tapota affectueusement la joue. Il tourna les talons et gagna la porte. La main sur la poignée, il se retourna vers Arès.

— Tu es un homme fort et puissant, mais tu ne peux pas m'empêcher d'espérer, *yios*. Pour notre bien à tous les deux, ne commets pas les mêmes erreurs que moi.

Arès demeura immobile, tétanisé, longtemps après le

départ de son père. Il finit par se secouer et s'habiller, tout en s'efforçant de passer en mode « professionnel » en vue de son rendez-vous d'affaires.

Lorsqu'il entra dans le salon de la suite, il aperçut Odessa sur la terrasse. Elle avait enfilé un jean qui mettait en valeur ses longues jambes galbées et ses fesses parfaites. D'où il était, il ne pouvait ignorer la façon dont son haut moulait ses seins fermes et son ventre plat. Ses cheveux lâchés lui effleuraient le bas du dos. Il les revit étalés sur l'oreiller, et sa virilité se réveilla aussitôt, lui arrachant un juron à voix basse.

Il fit un pas vers la terrasse, puis se rattrapa. Non, plus question d'être l'esclave des pulsions que lui inspirait cette femme.

Arès sortit de la suite, les mots de son père résonnant à ses oreilles : « Ne commets pas les mêmes erreurs que moi. »

Odessa se tenait sur la terrasse, le visage tourné vers le soleil, savourant le premier matin de liberté de son existence.

Comme la veille au soir, lorsqu'ils étaient arrivés, l'air frais et vivifiant charriait une odeur de citron. L'absence de brise marine lui rappelait qu'elle n'était plus à Alghero, que son audacieux pari avait réussi à la soustraire à l'emprise de son oncle. Malgré les questions encore sans réponse, elle avait dormi plus profondément qu'elle ne l'avait jamais fait.

— Tu profites de ta libération ?

Elle se tendit en entendant la voix d'Arès. Elle tourna la tête. Il était appuyé avec nonchalance contre le montant de la porte-fenêtre. Bien qu'il soit à peine 7 heures, il était déjà tiré à quatre épingles, rasé, les cheveux coiffés et légèrement brillants. Le corps traître d'Odessa réagit aussitôt à la beauté de ses traits ciselés, à son élégance sophistiquée, à sa virilité tranquille et assumée. Sans la quitter du regard, il porta à ses lèvres la tasse qu'il tenait à la main.

— Je profite du calme et de la fraîcheur du matin.

La veille, durant le trajet en limousine puis le vol en jet privé entre Alghero et Rome, Arès s'était montré distant, taiseux. Son humeur sombre s'était apparemment dissipée, au grand soulagement d'Odessa.

— Tu as déjà visité Rome ? demanda-t-il sur le ton de la conversation en s'avançant sur la terrasse.

Elle secoua la tête.

— Je n'ai quitté la Sardaigne que pour aller à Capri, où nous passions tous nos étés.

Son père avait décrété que la famille passerait ses vacances sur la célèbre île de la baie de Naples, où il était connu et avait tout loisir d'imposer son statut social. Alors que la plupart des riches adolescentes et jeunes femmes de son âge exploraient le monde, elle s'ennuyait en villégiature, d'autant que l'emprise de son père n'avait fait que se resserrer durant les années qui avaient suivi le départ d'Arès.

Tandis qu'elle ravalait son amertume, Arès termina sa tasse d'une gorgée et la posa sur la table voisine.

— Tu as toute la journée pour explorer la ville. Ensuite, nous dînerons ensemble.

Odessa fut tentée de succomber à la sensation d'émerveillement. Hélas, elle se doutait qu'il y avait un piège. Il y avait *toujours* un piège.

— Tu ne m'as pas amenée ici pour faire du tourisme. Vas-tu enfin me dire ce que tu veux en échange de ton aide ou cela va-t-il rester suspendu au-dessus de ma tête comme l'épée de Damoclès ?

Il s'approcha d'une démarche féline.

— Je croyais qu'on avait déjà réglé ça, *agapita*. Nous allons nous marier.

Elle crut que sa mâchoire allait se décrocher. Son cœur se mit à battre la chamade.

— Mais c'est… je…, bafouilla-t-elle. Non ! Tu as dit ça hier pour déstabiliser Flávio et Vincenzo, mais ce n'était pas vrai ! Je pensais plutôt à de fausses fiançailles pendant un certain temps, peut-être quelques mois, puis à l'annulation…

Elle s'interrompit devant l'expression sardonique d'Arès.

— Ah oui ? dit-il, moqueur.

— Ne te moque pas de moi, Arès.

Il redevint instantanément sérieux et répliqua, cinglant :

— Et toi, ne t'imagine pas que tu as le pouvoir de dicter la suite des événements. Tu m'as abandonné le contrôle, tu ne t'en souviens pas ? C'était hier, pourtant.

— Je ne t'ai jamais abandonné le contrôle. J'ai seulement dit que je te donnerais ce que tu voulais.

« Nous allons nous marier. » Les paroles d'Arès continuaient à faire naître des désirs sauvages au creux de ses reins. *Santo cielo !* Que n'aurait-elle pas donné pour entendre cela dix ans auparavant !

C'était une chimère, ne n'oublie jamais !

Arès la dévisagea un court instant avant de jeter un coup d'œil à sa montre.

— Je vais être en retard à ma réunion. Tu as la journée pour toi, mais sois prête à sortir à 19 heures, quand je reviendrai.

Il commença à se retourner, puis arrêta son mouvement.

— Ne te fais pas d'illusions, *agapita*. Je t'épouserai, comme tu me l'as demandé. Et en échange tu me donneras *tout* ce que je veux.

Après le départ d'Arès, Odessa, chamboulée, choquée, prit le temps de remettre ses pensées en ordre.

Il voulait l'épouser... ? Pourquoi ? Ce n'était certainement pas simplement parce qu'il la voulait pour femme. Ce n'était pas pour ses beaux yeux qu'il était venu à l'enterrement de son père, et il avait répondu par un « non » catégorique lorsque, pleine d'espoir, elle lui avait fait cette suggestion ridicule. Qu'est-ce qui avait bien pu le faire changer d'avis ? Sûrement pas leur baiser, si ?

Les questions continuèrent à la tarauder toute la matinée, avec un relâche durant le petit déjeuner, qu'elle prit avec Sergios. Il l'incita à aller se promener avec lui, mais elle était trop préoccupée.

Son agitation s'intensifia lorsque le concierge la prévint à 16 heures qu'une styliste allait se présenter à la porte de la suite. Quelques minutes plus tard, Odessa ouvrait à une femme d'âge moyen, élégamment vêtue, flanquée de deux assistantes. Elles avaient apporté trois housses de vêtements, des boîtes d'accessoires et une grande mallette qui se révéla contenir le nec plus ultra du maquillage de luxe et du matériel professionnel de coiffure.

Une note pliée en deux, épinglée à une des housses, lui était destinée. Odessa la déplia. Elle était courte et succincte :

Choisis une robe. Je préfère la rouge. Arès.

Le premier réflexe d'Odessa fut de se rebeller contre cet oukase. D'autant plus qu'en ouvrant la housse elle découvrit un fourreau de satin rouge sang, sans manches, dos nu et au décolleté plongeant. En constatant qu'il était impossible de porter une culotte ou un soutien-gorge sous cette robe, le rouge lui monta aux joues.

— *Diavolo, no !* s'exclama-t-elle.

Une des assistantes lui présenta la seconde robe, blanc cassé. C'était mieux, mais encore un peu trop osé, avec une fente latérale d'un côté jusqu'en haut de la cuisse et des ouvertures géométriques sous le buste et au niveau de la ligne des hanches. *Non, merci !* Elle n'était pas d'humeur à montrer autant de peau nue.

La dernière robe la fit pousser un soupir de soulagement. De couleur bleu glacier, avec une jupe cascade en délicate mousseline de soie, elle possédait une encolure licou qui dénudait ses bras, ses épaules et le haut de son dos. Une fente à l'arrière interdisait le port d'un soutien-gorge, mais elle était tout de même sage.

— Celle-ci.

Pendant les deux heures qui suivirent, la styliste et ses assistantes s'affairèrent autour d'elle. Retouches, choix des accessoires, coiffure, maquillage : Odessa se laissa choyer et pomponner.

Lorsqu'elles eurent terminé, elle s'autorisa à se regarder longuement dans le miroir. Sa chevelure avait été bouclée et coiffée en un chignon haut, dont quelques mèches s'échappaient pour lui encadrer le visage. Le maquillage réussissait la prouesse d'être à la fois discret et spectaculaire, accentuant la forme de ses yeux et l'intensité de son regard par des effets d'ombres et de subtiles touches argentées.

Odessa en resta bouche bée. Puis elle félicita les trois femmes, qui se retirèrent en la complimentant.

Ce n'était pas la première fois qu'elle s'habillait pour rencontrer un homme. Son père avait arrangé un mariage pour elle, et l'avait promise aux fils de ses amis plus souvent qu'elle ne pouvait le compter.

Mais c'était la première fois qu'elle s'habillait pour Aristote Zanelis.

Odessa se leva du canapé où elle s'était installée pour lire. Arès venait d'entrer dans le salon et s'était immobilisé, les yeux comme des soucoupes. Ce qu'elle lut dans son regard qui l'inspectait minutieusement de la tête aux pieds allait au-delà de l'admiration ; c'était plus profond, plus intense.

— Si tu veux faire toute une histoire parce que je ne porte pas la robe rouge, économise ta salive. Je préfère ne rien porter du tout que de porter cette… *chose.*

Elle ne réalisa ce qu'elle venait de dire qu'en captant une brève lueur sauvage dans les prunelles d'Arès. *Quelle idiote !*

Arès s'approcha et ôta sa veste de costume.

— Eh bien, loin de moi l'idée de soumettre le public au spectacle scandaleux de ta nudité.

Le sourire ironique qui flottait sur ses lèvres éveilla la suspicion d'Odessa.

— La rouge n'était pas ta préférée, n'est-ce pas ?

Son sourire s'élargit. Il l'avait bernée !

— Je me doutais que tu voudrais montrer les dents. Tu as toujours férocement détesté que l'on te donne des ordres.

Elle tiqua. Il lui avait dit quelque chose de similaire, quelques années auparavant, dans une situation bien précise. S'en souvenait-il ou avait-il prononcé cette phrase par hasard ?

Quoi qu'il en soit, il n'insista pas sur le sujet.

— Je serai prêt dans un quart d'heure, déclara-t-il avant de s'éloigner à grands pas.

Odessa avait à peine calmé son pouls, apaisé ses sens et remis ses idées en place qu'Arès revenait, sublime dans une courte veste de soirée noire à col châle, fermée par un unique bouton. Le pantalon était assorti et, sans doute pour casser l'aspect formel de sa tenue, il portait une chemise en soie bleu nuit dont les premiers boutons étaient défaits, dévoilant son cou et un peu de son torse.

Elle fut immédiatement renvoyée auprès d'un Arès plus jeune, émergeant de la mer après un bain de minuit. À l'époque, elle avait été complètement émerveillée par son corps d'athlète aux muscles ciselés. À présent, toutes les cellules de son corps s'échauffaient devant l'érotisme de cette perfection masculine brute.

— On y va ? lança-t-il.

Clignant des yeux pour chasser ses pensées lascives, elle demanda :

— Sergios ne vient pas avec nous ?

— Non. Il doit se reposer. Cette soirée est juste pour toi et moi.

Ils sortirent de la suite et gagnèrent l'ascenseur. Le silence était pesant. Autrefois, ils parlaient librement de tous les sujets, ne laissant jamais le silence s'installer entre eux. Arès et elle étaient devenus des étrangers l'un pour l'autre, songea-t-elle avec tristesse.

Lorsque les portes de la cabine s'ouvrirent sur le rez-de-chaussée du palace, il lui attrapa la main dans une légère prise. Elle leva sur lui un regard interrogateur, puis comprit qu'il s'agissait de jouer la comédie. Pour le monde extérieur, ils allaient se marier. Parce qu'elle le lui avait demandé et que, pour des raisons qu'il allait lui révéler ce soir, il avait accepté. Il fallait donc faire semblant d'être heureux parce que, déjà, les clients qu'ils croisaient leur jetaient des regards en coin furtifs.

Une Ferrari tournait au ralenti devant l'entrée. Arès

l'aida à se glisser sur le siège passager, puis il s'installa au volant. D'une accélération rugissante, il s'enfonça dans la nuit romaine.

— Tu as dit que ton père devait se reposer. Est-ce qu'il va bien ?

— Mon père aime prétendre qu'il vivra éternellement. Et même si j'aimerais que ce soit le cas...

Il se tut, les lèvres pincées, la mine sombre.

— Les médecins lui ont découvert un problème au cœur, ajouta-t-il.

— Je suis désolée, bredouilla Odessa, la gorge serrée. C'est grave ?

— La plupart des maladies cardiaques le sont, à son âge.

Il avait dit cela d'une manière qui n'invitait pas à d'autres questions.

— Et toi ? Tu as été dans le coma pendant un certain temps.

Elle sentit son regard inquisiteur peser sur elle alors qu'il s'arrêtait à un feu rouge.

— Tu as bien suivi l'histoire, on dirait.

Son ton était tranchant, mais il y avait autre chose. De la surprise ? De la curiosité ? Un tout petit adoucissement ? Ou se faisait-elle des idées ?

— Peu importe ce qui s'est passé entre nous, je ne t'ai jamais souhaité de mal, Arès.

Sa poitrine bougea et son cœur se souleva avec... de l'espoir ? Mais ses lèvres s'étaient à nouveau resserrées.

— Tant mieux, car dans le récit de notre brève histoire tu aurais du mal à passer pour la victime.

Odessa repoussa l'afflux d'angoisse provoqué par ces paroles.

— Je ne me considère pas comme une victime. Mais je ne suis pas non plus une méchante. Notre passé est…

— … du passé, coupa-t-il. Et ce soir il s'agit de décider ce que nous réserve l'avenir.

Odessa était ébahie par l'ambiance fascinante du lieu, caché derrière les grandes portes d'un très vieil et imposant immeuble comme il en existait tant à Rome. Elle avait l'impression d'entamer un voyage hors du temps.

Après avoir franchi une deuxième double porte en bois massif, rouge sang et sculptée, ils marchaient à présent dans un large couloir pavé éclairé par des flambeaux fichés dans les murs.

— Où sommes-nous ? demanda-t-elle à Arès.

— Au Teatro Romana di Caracalla. Un théâtre privé qui appartient à un ami. Je lui ai vendu un immeuble délabré il y a deux ans, et il en a fait cet endroit admirable. Et ce soir nous avons besoin d'un public de choix.

Son souffle se bloqua dans sa poitrine.

— Pourquoi ? Qu'a-t-elle de spécial, cette soirée ?

— Tu veux envoyer un message clair à Bartorelli, ou préfères-tu lui laisser le sentiment qu'il a encore une chance ?

Un frisson froid lui parcourut l'échine.

— Je ne veux plus jamais entendre parler de lui !

— Parfait !

Il lui offrit son bras. Elle posa la main sur son avant-bras et, au bout du couloir, ils débouchèrent sur un vaste balcon semi-circulaire. Ils se trouvaient au premier niveau. Au-dessus d'eux, deux autres balcons. En dessous, la fosse et la scène. Au lieu d'être aménagés avec des rangées de sièges, les balcons et la fosse accueillaient des tables et des chaises, toutes disposées de manière que les convives soient assis face à la scène. Des bougies brûlaient sur toutes les tables. Odessa prit quelques instants pour embrasser du regard cet endroit incroyable. Elle n'en avait jamais vu d'aussi spectaculaire.

Arès la conduisit jusqu'à la meilleure table, au centre du balcon, tout en répondant d'un signe de tête bref aux salutations discrètes de quelques convives. Odessa était parfaitement consciente qu'ils étaient au centre de tous les regards.

Un serveur apparut et tira la chaise d'Odessa. Puis il sortit du seau en argent une bouteille de champagne millésimé et en versa dans les flûtes en cristal posées sur la table. Soudain, l'éclairage baissa et les accords lancinants d'un opéra familier s'élevèrent. Odessa en eut aussitôt des frissons.

— *Tristan et Isolde* ?

L'ombre d'un sourire se dessina sur ses lèvres tandis qu'il faisait tinter sa flûte contre la sienne.

— Ton histoire préférée, non ?

— Tu t'en souviens ? s'étonna-t-elle.

— C'est parfois une malédiction d'avoir une excellente mémoire, dit-il en haussant les épaules.

Son visage se ferma et le cœur d'Odessa saigna.

Le premier acte du déchirant opéra romantique de Wagner fut accompagné d'une succulente salade de homard, puis de gnocchis délicieux, de saumon et pecorino à la truffe, le tout servi par un personnel discret, silencieux et efficace.

Lorsque les lumières revinrent, signalant l'entracte, Odessa était au bord des larmes, submergée par des émotions violentes. Pourquoi Arès avait-il choisi un opéra célébrant un amour interdit et féroce qui se terminait en tragédie ? Était-ce une métaphore de leur histoire ? Une mise en garde contre toute interprétation qu'elle pourrait donner à ses actes ?

Son regard se porta sur la boîte carrée en velours qu'Arès venait de poser sur la table et faisait glisser vers elle. Odessa laissa échapper une exclamation étouffée.

— C'est... Tu ne peux pas..., bafouilla-t-elle.

— Ouvre-la, ordonna-t-il d'une voix rauque, le visage impassible.

Son cerveau lui hurlait de ne pas le faire, mais la fille stupide et fleur bleue tapie au fond d'elle l'obligea à tendre une main tremblante.

Le diamant rose poudré était entouré de deux rangées de minuscules diamants blancs taille coussin, montés sur un étroit anneau en platine. La bague jetait mille feux sous la lumière de la bougie.

De timides applaudissements se firent entendre, vite rejoints par d'autres. Bientôt, tous les convives, debout, applaudissaient à tout rompre tandis que quelques bravos éclataient ici et là.

Alors, Arès se leva, combla l'espace qui les séparait, saisit la bague et la glissa au doigt d'Odessa. Elle était statufiée, stupéfaite d'avoir été si habilement manipulée, mais nul doute que leur public la croyait choquée par le romantisme apparent du moment.

Il lui effleura les lèvres des siennes, provoquant un picotement sensuel sur sa bouche et un embrasement de sa féminité. Puis il lui prit le menton du bout des doigts et, les yeux brillants, murmura :

— Je mettrais bien un genou à terre, mais j'ai l'impression que nous avons laissé passer l'occasion, non ?

Odessa restait bouche bée. Elle imagina furtivement

Arès agenouillé devant elle, réalisant le fantasme secret qu'elle avait entretenu pendant trop longtemps au cours de son adolescence. Les questions se pressaient dans son cerveau, mais l'une dominait les autres : pourquoi une telle mise en scène, alors que ni l'un ni l'autre ne désiraient cet engagement ?

Tu en es sûre ? murmura une perfide petite voix intérieure.

— Si on en finissait avec le suspense, maintenant ? chuchota-t-elle tout en gardant un sourire de façade. Qu'attends-tu de moi ?

Il se rassit, plus près d'elle que durant le dîner. La distance entre les tables leur permettait d'être hors de portée des oreilles indiscrètes. La tension lui nouait l'estomac. Arès l'observa pendant une éternité avant de prononcer les mots dont elle soupçonnait qu'ils allaient bouleverser sa vie telle qu'elle la connaissait.

— En échange d'avoir été tirée hors des griffes de ton oncle et de ce salaud de Bartorelli, tu resteras mariée à moi pendant cinq ans, ou le temps qu'il faudra pour que tu me donnes au minimum deux enfants. Après cela, tu seras libre de vivre ta vie comme tu l'entends.

4

Impossible ! Une pure folie…

Abasourdie, Odessa se demandait quand allaient résonner les roulements de cymbales, les trompettes, et quand allaient éclater les feux d'artifice afin de surligner avec éclat les absurdes exigences d'Arès.

Durant ces secondes de stupéfaction totale, elle comprit toutefois pourquoi Arès avait choisi de les lui révéler en public : il lui interdisait toute réaction virulente, toute explosion d'indignation. D'ailleurs, il semblait jubiler de la voir monopoliser toutes ses forces et toute sa volonté afin de se contenir. Elle en tremblait et elle crispait tellement les poings que ses jointures étaient blanches.

Elle entrouvrit les lèvres, mais aucun mot ne sortit. Pourtant, elle devait réagir ; car la détermination inébranlable qui se lisait sur le visage d'Arès indiquait qu'il était sérieux.

Dio mio…

— Avant que tu n'exprimes autre chose qu'une extase totale, n'oublie pas notre public, la prévint-il dans un murmure.

— C'est pour cela que tu m'as amenée ici ? Pour me coincer afin que je ne puisse pas te dire à quel point tu es fou ?

— Je t'ai amenée ici pour t'offrir, au son de ton opéra préféré, la bague en diamant indispensable, et pour te débarrasser définitivement de ton indésirable prétendant. En retour, je t'ai fait part de mes exigences. Que tu les trouves insensées n'y change rien. Si tu souhaites poursuivre cette conversation ailleurs, nous pouvons partir dès maintenant. Car je pense que nous avons atteint nos objectifs, conclut-il en regardant autour de lui d'un air triomphant.

Tous les visages étaient tournés vers leur table. À son grand effroi, Odessa vit que certains convives se levaient et se dirigeaient vers eux. Quelques minutes plus tard, ils avaient reçu les félicitations de quasiment tous les clients. Odessa avait dû faire semblant d'être au comble de la joie et sourire à chacun. Arès finit par annoncer, avec bonne humeur et fermeté, qu'ils partaient fêter cela en privé.

Odessa était encore sous le choc lorsqu'il l'aida à s'asseoir dans la Ferrari.

— Voilà qui devrait régler le problème de la publicité ! s'exclama Arès en démarrant. Demain matin, toute l'Europe sera au courant de nos fiançailles.

— Tu... dis-moi que tu plaisantais, Arès !

Il y avait de la supplication et du désespoir dans sa voix, mais Odessa s'en moquait. Elle devait savoir.

— Non. Nous serons mariés assez longtemps pour que naissent les deux enfants que j'exige de toi, ou pendant cinq ans s'ils arrivent tôt.

— Si tout ce dont tu as besoin, c'est d'un utérus à louer, pourquoi as-tu besoin de te marier ? Pourquoi ne pas faire appel à une mère porteuse ?

— Parce que je veux faire les choses correctement. Pour mon père, qui est de la vieille école.

C'était le dernier argument auquel elle aurait pensé. Et,

même si c'était déroutant, cela faisait sens tant le père et le fils étaient proches.

— Pourquoi ce... subterfuge ? Ne va-t-il pas être contrarié lorsqu'il l'apprendra ?

— Il ne le découvrira jamais. Pour lui, ce mariage sera vrai. Si je me souviens bien, tes talents d'actrice sont impressionnants. Tu devras les utiliser pour le convaincre que nos retrouvailles sont réelles. Et quand le moment sera venu de nous séparer je lui annoncerai la nouvelle d'une manière qui minimisera les dégâts. J'espère que d'ici là il sera trop préoccupé par ses petits-enfants pour s'en soucier.

Odessa secoua la tête.

— Non, je ne participerai pas à ce... simulacre. Ni pendant un mois, ni pendant un an, ni encore moins cinq. Cela ne te dérangerait vraiment pas d'embobiner ton père de la sorte ?

— Les bénéfices que je retirerai de ce que tu appelles un simulacre seront importants, alors la fin justifie les moyens. Tu ferais bien d'appliquer cet adage à ta propre situation.

Elle réprima un éclat de rire nerveux. *Dio !* Il était vraiment sérieux...

— Pourquoi cinq ans ?

— Parce que jusqu'à cet âge un enfant peut cesser de dépendre d'un parent sans trop de dommages. Au-delà, les dégâts peuvent être irréparables.

— Comment sais-tu cela ? demanda-t-elle, avant qu'un souvenir ne la frappe brusquement : Ta propre mère est partie quand tu avais sept ans...

Elle avait murmuré ces mots, presque effrayée de les prononcer. Arès resta de marbre.

— Il n'est pas question de moi.

Bien sûr que si ! songea Odessa, qui n'insista toutefois pas.

— Alors je te donne un enfant… des enfants, et nous divorçons dans cinq ans ?

Énoncer cette interrogation lui avait brûlé la gorge. Elle fut stupéfaite de le voir secouer la tête.

— Non. Nous resterons mariés pendant au moins cinq ans. Si tu décides de partir, tu me confieras la garde de nos enfants. Mais nous ne divorcerons pas tant que mon père sera… ne sera pas…

Il s'arrêta et poussa un long soupir. Même si cette conversation lui semblait absurde, Odessa ne put empêcher son cœur de se fendre et l'empathie de l'envahir. Elle n'avait pas besoin qu'Arès lui en dise plus. Elle était très jeune au moment du décès de sa mère, et elle ne se souvenait que de moments flous avec cette femme forcée de rester dans l'ombre de son mari, mais au fond de son cœur la douleur de la perte persistait.

— Arès, je… c'est de la folie, murmura-t-elle.

— Et pourtant ce sont mes conditions. C'est à prendre ou à laisser.

Odessa était si bouleversée qu'elle s'aperçut qu'ils étaient rentrés dans le parking souterrain de l'hôtel seulement lorsque Arès coupa le contact. Le silence avait envahi le luxueux habitacle de la Ferrari. L'expression d'Arès était déterminée. Odessa avait peu d'espoir de le faire revenir sur sa folle décision, mais elle n'était pas prête à se rendre sans combattre.

— Tu ne t'attends tout de même pas à ce que je porte tes enfants, puis m'en aille tranquillement quand ce mariage de pacotille s'effondrera, si ?

Le plus léger soupçon de quelque chose qui ressemblait

presque à de la compassion traversa son visage. Puis elle disparut si vite qu'elle se demanda si elle ne l'avait pas imaginée.

— Inutile d'essayer de me faire croire que ce sera une épreuve pour toi.

Elle serra les poings, soudain furieuse. Comment pouvait-il balayer ainsi d'un revers de la main ce qu'elle ressentait ?

— Comment oses-tu dire cela ? Bien sûr que ce serait une épreuve pour moi ! Ce serait impossible ! Comment peux-tu laisser entendre que c'est une décision à prendre à la légère ?

— Nous savons tous les deux à quel point tu peux être volage. Tu peux dire une chose et en penser une autre. Dois-je te rappeler que tu es passée directement de mes bras à ceux de Paolo Romani, après m'avoir assuré qu'il ne représentait rien pour toi ?

L'accusation blessa Odessa, même si Arès ne connaissait pas toute la vérité.

— Dois-je supporter pour le reste de ma vie les conséquences d'une seule erreur ?

— Mais il n'y a pas eu qu'une seule erreur, n'est-ce pas, *agape mou* ? Tu savais que j'étais là, caché, et que je vous entendais quand tu m'as dénigré auprès de ton père.

Le déroulé de cette terrible nuit s'imposa à son esprit. Dans son empressement à rencontrer Arès dans leur lieu secret de rendez-vous, quelques jours avant son dix-huitième anniversaire, elle avait oublié de vérifier l'emploi du temps de son père. Celui-ci l'avait trouvée dans l'orangeraie. Heureusement, elle avait réagi avec promptitude et avait réussi à ne pas révéler la présence d'Arès, qu'elle savait tapi à proximité, une présence protectrice qui pouvait entendre les critiques rabaissantes et humiliantes de son père.

Elle s'était bien gardée de répondre, jusqu'à ce que son père murmure une menace brutale et violente à l'encontre d'Arès et de Sergios. Il avait parlé si bas qu'elle était certaine qu'Arès ne l'avait pas entendue. La terreur et la panique l'avaient alors poussée à réagir sans réfléchir. Elle avait vivement nié son attirance pour le fils du chauffeur, puis avait juré ses grands dieux qu'il n'était pas son genre, qu'elle ne serait jamais attirée par lui.

Même si Arès était resté caché, Odessa avait perçu à distance le coup porté à sa fierté. Et le rejet froid qu'il lui avait opposé le lendemain – le jour où elle avait prévu d'aller plus loin que les baisers qu'ils avaient partagés jusque-là – lui avait fait mal. Néanmoins, elle avait compris.

Elle avait espéré pouvoir expliquer à Arès qu'elle l'avait dénigré devant son père pour leur éviter, à Sergios et à lui, de subir les foudres de son père. Elle avait vu de ses propres yeux comment celui-ci traitait ses ennemis, et elle avait à tout prix voulu éviter qu'il mette ses menaces à exécution et porte atteinte à leur intégrité physique. Or, juste avant, elle avait découvert les projets d'Arès.

Il avait toujours prévu de partir et de la laisser derrière lui, de briser les rêves insensés qu'elle avait tissés autour de lui, autour d'eux.

Il avait acquis une série d'immeubles presque délabrés avec le pécule que son père avait mis de côté pour lui, et avait prévu de quitter Alghero. Elle avait éventé son secret la veille de son départ, grâce aux commérages de certains employés.

Heureusement, il n'avait jamais été témoin de l'étendue de son chagrin. Elle avait pleuré à chaudes larmes pendant des mois, et les remarques cruelles de son père sur son si visible malheur avaient un peu plus remué le couteau dans la plaie.

Le moment était venu de remettre les pendules à l'heure.

— Je savais que tu étais encore dans l'orangeraie cette nuit-là, Arès. J'ai dit toutes ces choses pour détourner l'attention de mon père. Je te protégeais. Il a menacé de te faire tabasser. Voire pire…

Il ricana, comme si l'idée qu'un homme comme lui puisse avoir besoin d'aide était ridicule.

— C'est gentil de ta part, mais je me suis toujours très bien défendu tout seul, merci, lança-t-il, à la fois méprisant et ironique. Bravo en tout cas, tu as été très convaincante ce soir-là. À tel point que je me demande si ce n'est pas ton subconscient qui a dit la vérité en ton nom.

— Non, ce n'est pas le cas, protesta-t-elle vivement. Je n'ai jamais pensé que tu m'étais inférieur.

— Tu es passée à autre chose très rapidement après cela. Ou est-ce que tu me protégeais aussi quand tu as embrassé le fils du bras droit de ton père la nuit suivante, à l'endroit même où tu m'avais laissé te toucher ?

Sous le choc, un petit halètement lui échappa.

— Tu m'as vue ?

— Oui. Peut-être que pour une fois j'aurais dû écouter ton père quand il m'a affirmé que tu étais destinée à un autre. Que je n'étais qu'une répétition générale.

— Il t'a dit cela ? demanda-t-elle dans un souffle, la gorge nouée.

Le sourire sardonique d'Arès s'élargit.

— Cela et bien plus encore, y compris les menaces dont tu pensais me préserver. Il ne manquait jamais une occasion de m'éloigner de sa précieuse fille, qu'il voulait marier à Paolo Romani. Le salaud que je t'ai vue embrasser, *agapita*, lâcha-t-il froidement.

Odessa garda le silence, à court de mots. Comment aurait-elle pu lui dire sans paraître pathétique qu'il s'était agi d'une tentative désespérée pour tenter de l'oublier ? Qu'il l'avait marquée si profondément qu'elle avait craint de rester seule à jamais face à la détermination de son père à les séparer ? L'homme formidable qui se trouvait à ses côtés aujourd'hui considérerait toute justification comme un mensonge. Comme elle le connaissait, il s'était fait son idée depuis longtemps et rien ne le ferait changer d'avis.

Mais peut-être était-ce lui qui la manipulait, aujourd'hui et depuis le début. Peut-être avait-elle été tellement privée d'attention et d'affection, tellement amoureuse de lui, qu'elle n'avait vu que ce qu'il avait voulu qu'elle voie ?

Ne te laisse pas entraîner sur ce terrain-là, s'ordonna-t-elle. *Laisse le passé où il est et concentre-toi sur le présent.*

La situation était bien assez compliquée comme ça. Elle avait besoin de toute sa concentration.

— Dois-je prendre ton silence pour un aveu de culpabilité ? demanda-t-il.

Elle secoua la tête.

— Non. J'ai commis une erreur. Mais quoi que tu penses de moi je ne t'ai jamais mené en bateau.

Un éclair de surprise traversa son regard dur. Il disparut aussitôt. La capacité de cet homme à maîtriser ses émotions était fascinante. Odessa aurait donné tout ce qu'elle avait pour entrevoir une émotion durable. Pour avoir l'espoir que l'avenir qu'il lui dessinait n'était pas aussi terriblement sombre qu'il en avait l'air.

Adolescente, elle ressentait le désir profond de créer avec amour l'antithèse de la famille dans laquelle elle était née, avec toujours Arès comme mari et père de ses enfants. Elle lui avait avoué une fois ce rêve d'un foyer uni et heureux, alors qu'ils se prélassaient sous un citronnier lors d'une de ces nuits d'été durant lesquelles elle s'échappait de sa chambre pour le retrouver. Il lui avait avoué en retour qu'il partageait ce rêve. Tous deux avaient détesté la solitude qu'impliquait de grandir sans frères et sœurs. C'était quelque chose qu'ils ne souhaitaient pas à leurs enfants – surtout Arès, qui savait ce que c'était que d'avoir une sœur et d'en être privé de la manière la plus cruelle qui soit.

— Nous ne sommes pas ici pour réécrire le passé, déclara Arès en ouvrant sa portière. L'heure tourne, Odessa. Il va me falloir une réponse.

Une nuit.

À force d'insister, Odessa avait obtenu une nuit de réflexion pour se débattre avec la décision la plus lourde de conséquences de sa vie, et déjà les heures filaient comme des nuages blancs et vaporeux poussés dans l'azur par un vent violent.

Arès n'avait pas apprécié qu'elle exige un délai avant de lui répondre, mais elle avait tenu bon, faisant preuve de l'entêtement qui lui avait valu tellement d'ennuis avec son père. Et demeurer inébranlable l'avait stimulée, voire exaltée. Mais maintenant qu'elle se tournait et se retournait, entortillée dans ses draps comme dans ses pensées, elle n'était plus aussi inébranlable ni exaltée. Son esprit passait d'un refus catégorique de la proposition insensée d'Arès à un « pourquoi pas ? » – si elle acceptait, elle pourrait peut-être louvoyer et négocier, non... ?

Elle frissonnait à la perspective qu'un refus conduise Arès

à la livrer à Vincenzo, qui n'hésiterait pas à lui faire payer très cher le tour qu'elle lui avait joué.

Et, si elle s'enfuyait, ce serait une preuve de lâcheté qui donnerait raison à Arès lorsqu'il affirmait qu'elle n'était pas digne de confiance. Or, elle détestait l'idée de conforter Arès dans l'opinion négative qu'il avait d'elle. Elle avait en quelque sorte donné sa parole en affirmant qu'elle lui accorderait ce qu'il voudrait en échange de sa protection. Certes, elle n'aurait jamais imaginé une telle contrepartie, mais c'était elle qui avait été stupide et inconséquente, pas lui.

Retourner à Alghero équivaudrait à une condamnation à perpétuité, songea-t-elle dans un frisson glacé. Son oncle avait choisi de détourner le regard alors qu'il était parfaitement au courant du traitement que Vincenzo lui réserverait. L'autre possibilité – s'éloigner d'Arès et voler de ses propres ailes – la contraindrait à une vie d'inquiétude, à surveiller sans cesse ses arrières. Et si Flávio ou Vincenzo la retrouvaient… Seigneur ! elle préférait ne pas y penser…

Ne ferait-elle pas mieux de rester ici et de porter les enfants d'Arès ?

Comment peux-tu envisager une telle issue ?

Odessa écrasa son visage contre l'oreiller jusqu'à ce que le cri emprisonné dans sa gorge se libère.

Lorsqu'elle redressa la tête, l'image d'Arès s'imposa à elle. Et celle-ci n'était pas repoussante, contrairement à celle de Vincenzo. N'avait-elle pas fantasmé, autrefois, de porter les enfants de ce grand et beau dieu grec qui hantait ses pensées ? Cinq ans, avait-il dit, après quoi ils se sépareraient ; du moins si elle voulait partir… Cela signifiait qu'elle aurait le choix, n'est-ce pas ? Ne pourrait-elle pas accepter ses conditions actuelles, puis faire en sorte de les modifier plus tard ?

Elle avait demandé son aide à Arès sur un coup de tête, ce qui l'avait sauvée d'un sort pire que la mort. Oserait-elle prendre à nouveau le risque de jouer avec son avenir ?

Elle n'avait pas répondu à cette question lorsqu'elle finit par sombrer dans le sommeil.

Même si sa nuit avait été agitée, Odessa se sentait plus forte au réveil. Elle se doucha, enfila son jean et un haut tout simple, puis elle partit à la recherche de l'homme qui lui avait passé la bague au doigt la veille et avait plongé son monde dans le chaos le plus total.

Le soleil commençait à peine à caresser de ses rayons bienfaisants les vieilles pierres de Rome, mais Arès était déjà douché et habillé, sirotant un expresso assis devant une table impeccablement dressée, sur la terrasse. Au moment où elle y posa le pied, il se leva.

Mais malgré sa mise élégante, ses cheveux soigneusement peignés et son calme apparent, Odessa perçut de la tension en lui, une intensité dans ses yeux, ce qui indiquait que sa réponse comptait pour lui. Qu'il avait peut-être revêtu cette armure confectionnée sur mesure parce qu'il y avait une faille qu'il était déterminé à cacher.

C'était peut-être une illusion, mais Odessa s'y accrocha, avec la même vigueur qui l'avait poussée à lutter contre l'oppression familiale au fil des ans. Elle avait perdu plus qu'elle n'avait gagné, mais le combat lui avait permis de garder le moral. Et jusqu'à son dernier souffle elle continuerait à se battre.

Surtout si elle se battait pour ses enfants.

Parce que, au petit matin, sous la douche, elle s'était dit que si Arès faisait vraiment cela pour son père, et qu'il ne fût pas complètement dénué de cœur dans son entreprise, alors peut-être qu'à un moment donné elle pourrait le convaincre d'accepter de renoncer à la garde complète lorsqu'ils se sépareraient.

Et s'il refusait elle se battrait plus fort.

— Odessa.

C'était moins une salutation qu'une injonction, un ultimatum. Et pourquoi retenir plus longtemps la réponse qu'elle avait décidé de lui donner ?

Elle se passa la langue sur les lèvres et s'avança vers lui, le regard rivé au sien.

— C'est un oui, Arès. Ma réponse est oui.

Elle vit alors le soupir silencieux et le relâchement de la tension. L'éclair de soulagement dans ses yeux.

Elle leva la main alors qu'il ouvrait la bouche pour parler.

— Mais avant de fêter cela tu dois savoir que je n'abandonnerai jamais mes enfants. Jamais. Quoi qu'il arrive.

— Nous verrons cela le moment venu, non ?

Elle releva le menton et planta le regard dans le sien, bravache.

— Le moment venu, Arès, je ne me donnerai même pas la peine de te dire que je t'avais prévenu.

Une limousine aux vitres teintées les attendait au pied de la passerelle du jet privé d'Arès. Le soleil du début de l'après-midi brillait sur Athènes et Sergios rayonnait. Odessa était très touchée par le bonheur si visible du vieil homme.

Une fois qu'ils furent installés dans le spacieux habitacle, Arès lui prit la main, en embrassa le dessus, puis lui effleura la tempe de ses lèvres.

— Bon, faisons les choses dans l'ordre, déclara-t-il. Tu as

besoin d'une nouvelle garde-robe. Préfères-tu aller faire du shopping ou dois-je te faire apporter une sélection ?

Odessa fronça les sourcils.

— Je n'ai pas besoin de nouveaux vêtements.

— Tu as l'intention de porter ce jean jusqu'à ce qu'il tombe en lambeaux ?

Elle ouvrit la bouche pour argumenter, puis la referma : il n'avait pas tort.

— D'accord, mais je peux m'acheter mes propres vêtements.

La main qui se tendit vers la sienne et la tapota doucement n'était pas celle d'Arès. Elle leva les yeux vers le sourire bienveillant de Sergios.

— Mon fils est parfois autoritaire. Il ne peut pas s'en empêcher. Mais tu mérites d'être gâtée, *mikros*, affirma-t-il, avant de se pencher en avant pour lui murmurer malicieusement : Tu peux aussi le punir d'être aussi directif en l'entraînant avec toi pendant que tu dépenses son argent. On m'a dit que c'était la pire torture pour un homme comme lui.

Consciente du regard acéré d'Arès, et se souvenant qu'ils devaient faire semblant d'être follement attirés l'un par l'autre, elle esquissa un sourire.

— D'accord pour une virée shopping, alors ! lança-t-elle, du ton le plus enjoué possible.

— *Kalos.* J'ai libéré mon agenda pour l'après-midi, annonça Arès.

Odessa écarquilla les yeux, étonnée.

— Vraiment ?

— Oui. Et pendant que nous faisons les boutiques nous pourrons discuter du mariage.

Un mélange de panique et d'excitation la saisit.

— Déjà ?

— Pourquoi attendre ? Je veux que nous commencions notre vie ensemble le plus tôt possible. Pas toi ?

Cette dernière question était un rappel sans équivoque de leur accord.

— Si, bien sûr.

Un léger sourire de satisfaction éclaira le visage d'Arès. Sergios semblait aux anges. Le cœur battant à tout rompre, Odessa tourna la tête et regarda à travers la vitre le paysage qui défilait, celui du premier pays étranger dans lequel elle mettait les pieds. Tout en observant les rues animées d'Athènes, elle comprit que sa vie était sur le point de changer.

Irrémédiablement.

Arès s'efforçait d'ignorer le babillage excité des vendeuses qui papillonnaient autour d'Odessa. Il était assis dans le salon VIP d'une boutique de luxe. Un verre de Dom Pérignon était posé à côté de lui, auquel il n'avait pas touché. Son père avait raison : c'était de la torture. Mais pas au sens où il l'avait entendu. C'était une torture parce que Arès n'arrivait pas à trouver la volonté de se lever et de partir, de laisser Odessa se débrouiller.

Il pensait qu'il serait satisfait une fois qu'elle aurait accepté ses exigences. Au lieu de cela, un sentiment d'urgence le tenaillait, et il en ignorait l'origine. Était-ce dû à son caractère, qui lui commandait, une fois qu'il s'était mis un objectif en tête, de ne pas se reposer tant qu'il ne l'avait pas atteint ? Ou était-ce à cause du compte à rebours des cinq ans, qui avait déjà débuté ? Avait-il tellement hâte que cette union se concrétise ? Pour voir si elle resterait fidèle à sa parole ? Si elle allait tenir certaines des promesses enthousiastes qu'elle lui avait faites des années auparavant ?

Certains thérapeutes auraient sûrement fait le lien avec son passé et l'abandon de sa mère lorsqu'il avait six ans. Voulait-il mettre Odessa à l'épreuve pour voir si elle aussi l'abandonnerait ? Mettre à l'épreuve sa résolution de ne jamais se marier ? Cette résolution avait-elle été forgée en lui à cause de la trahison de sa mère ou de celle d'Odessa ?

Il avait pu souscrire à la seconde hypothèse, mais quand Odessa lui avait affirmé qu'elle avait essayé de le sauver, de l'éloigner des griffes vengeresses d'Elio Santella, ses certitudes avaient vacillé.

Arès se tortilla sur son siège, mal à l'aise. Il détestait l'incertitude, et les interrogations qui se bousculaient dans sa tête le perturbaient. Il ne devait pas oublier qu'elle s'était très vite détournée de lui pour se jeter dans les bras d'un autre homme. Mieux valait ne rien attendre d'elle plutôt que se faire des illusions, n'est-ce pas ? Surtout qu'il était hors de question qu'il prenne le risque que ses futurs enfants soient rejetés par leur mère.

Il se redressa et se ressaisit : Odessa sortait de la cabine d'essayage.

Bon sang !

La silhouette éblouissante de la jeune femme était sublimée par une somptueuse robe en dentelle noire. Arès dut fournir un effort surhumain pour réprimer son érection naissante.

— Laissez-nous, s'il vous plaît ! ordonna-t-il aux employées.

Celles-ci s'éclipsèrent aussitôt. Il se leva et s'approcha d'Odessa, téléphone à la main. Il fit apparaître un album de photos et le lui tendit, l'invitant à faire défiler les images. Puis il l'observa.

— C'est d'une beauté à couper le souffle, dit-elle en relevant les yeux. Où est-ce ?

— Ismène, mon île privée. Nous nous y marierons dans une semaine. Ça te va ?

Il s'attendait à ce qu'elle proteste ou, à tout le moins, à ce qu'elle montre son mécontentement. À sa grande surprise, elle lui rendit son téléphone et haussa les épaules.

— Bien sûr, pourquoi pas ? Ce n'est pas comme si mon agenda était rempli. C'est un endroit parfait pour un mariage. Y a-t-il autre chose dont tu veux discuter, ou puis-je poursuivre mes essayages ?

— Non, c'est tout.

Elle se retourna, l'ignorant superbement.

— Odessa ?

Elle marqua une pause, pivota et ses yeux argentés se posèrent sur lui.

— *Si ?*

Il désigna la robe en dentelle noire d'un mouvement de menton.

— Garde cette robe. Je l'aime bien.

La satisfaction de la voir rougir fut de courte durée. Arès n'arrivait pas à comprendre pourquoi il ne parvenait pas à se débarrasser de son humeur grincheuse. Peut-être parce que, contrairement à ses maîtresses, elle ne se réjouissait pas de se voir offrir des vêtements et des bijoux hors de prix. Ou parce qu'elle le dédaignait la plupart du temps, bavardant joyeusement avec Sergios pendant les repas.

Il l'avait sauvée, bon sang ! Où était sa gratitude ? Pourquoi n'était-elle pas en adoration devant son chevalier blanc à l'armure étincelante ?

Dans la limousine qui les ramenait chez lui, son enthousiasme pour les monuments et l'architecture l'agaça. Elle avait peut-être été cloîtrée toute sa vie à Alghero, mais elle n'était pas venue ici pour faire du tourisme. Elle était ici pour prendre son nom et porter ses enfants. Aussi Arès s'interdit-il de jouer les guides afin de lui faire visiter son Athènes bien-aimé.

« Le moment venu, Arès, je ne me donnerai même pas la peine de te dire que je t'avais prévenu. »

Elle l'avait défié, et c'était mal le connaître si elle pensait qu'il ne relèverait pas le gant. Il serait là pour la voir échouer. Et cette fois-ci, si elle le trahissait, il briserait Odessa Santella sans retour en arrière possible.

Arès saisit sa tablette et ignora la femme qui tordait le cou pour ne pas perdre une miette du spectacle de la majestueuse Acropole au pied de laquelle ils passaient. Son objectif était clair. Rien ne l'en détournerait.

5

Odessa avait cru que la semaine la séparant de leur mariage passerait à toute vitesse, mais cela avait été tout le contraire. Le temps s'était écoulé si lentement qu'elle avait plusieurs fois été à deux doigts de suggérer qu'ils avancent la date. Elle ne l'avait pas fait parce qu'elle avait les nerfs à fleur de peau.

Elle n'en montrait rien, mais sa feinte désinvolture semblait irriter Arès, dont l'attitude distante et glaciale la mettait terriblement mal à l'aise.

Cela avait commencé lorsqu'il lui avait montré les photos de l'incroyable île privée où ils allaient se marier. Elle avait ressenti un élan de joie pure en voyant ce décor tout droit sorti des fantasmes les plus fous qu'elle avait élaborés autour du jour de son mariage. Sa propre réaction l'avait troublée au point qu'elle s'était efforcée de cacher son excitation, déclenchant chez Arès une réaction de défiance. On aurait dit qu'il avait sans cesse besoin de preuves qu'elle avait l'intention de tenir sa parole.

Elle en avait fait un jeu, n'hésitant pas à déranger Arès dans son travail pour lui demander son avis sur le choix des fleurs ou la couleur des nappes et des serviettes. Sergios trouvait cette situation hilarante, l'encourageant par des clins d'œil complices et des hochements de tête approbateurs.

Leur seul conflit sérieux était survenu lorsqu'elle avait affirmé à Arès, tandis qu'avec ses avocats ils ébauchaient leur contrat de mariage, qu'elle ne lui réclamerait rien à la fin de leur union. Arès l'avait prise à part pour en discuter. Elle s'était alors rendu compte à quel point la réussite l'avait rendu cynique. Il ne croyait pas qu'elle était désintéressée à ce point et était certain qu'à la fin de leur accord elle le poursuivrait pour obtenir une part de sa fortune. Elle était tellement abasourdie qu'il la voie comme une croqueuse de diamants qu'elle avait signé contre son gré, et ses valeurs, une clause lui octroyant vingt millions d'euros en cas de divorce.

Elle lisait un magazine sur le canapé, tâchant de ne pas compter les heures la séparant du mariage, prévu le lendemain, lorsque Arès entra dans le salon.

— Tu n'es pas prête ? lança-t-il en fronçant les sourcils.

— Prête pour quoi ?

— Tu n'as pas regardé tes messages ?

Elle saisit son téléphone, et constata qu'elle était passée à côté d'un SMS concernant un rendez-vous à 10 heures ce matin-là.

— Où allons-nous ?

— Voir mon médecin personnel.

— Je dois être examinée pour voir si je suis apte à devenir une bonne reproductrice ?

— L'examen n'est pas seulement pour toi. C'est pour nous deux.

La surprise lui coupa le souffle.

— Tu vas te faire examiner aussi ?

— En effet. Ne serait-ce que pour m'assurer que mon statut d'étalon robuste est à la hauteur.

Il fallut un moment à Odessa pour réaliser qu'il plaisantait. Lorsqu'il lui décocha un clin d'œil, son cœur bondit. Pendant une seconde, elle avait revu le jeune homme de ses souvenirs. Et elle devait bien s'avouer que cela ne la laissait pas indifférente...

Odessa n'osa pas demander à Arès comment il avait fait pour obtenir les résultats de leurs tests aussi rapidement mais, quelques heures après leur visite chez le médecin, ils apprirent qu'aucun risque de stérilité ne menaçait leur union.

Elle avait déjà noté durant les jours précédents qu'Arès posait souvent sur elle un regard possessif ; lorsqu'il la rejoignit sur la terrasse pour lui annoncer la nouvelle, ce fut la main qu'il posa au creux de ses reins qui était possessive, plus seulement son regard. C'était très déstabilisant, d'autant plus que la douce caresse qu'il imprimait en bas de son dos la faisait se sentir bien trop délicate et ouvrait en elle des espaces de vulnérabilité.

— Plus rien ne peut se mettre en travers de notre chemin, maintenant. Tu es à moi, *glykia mou.*

« Ma chérie » ?... Elle aurait dû s'alarmer de cette possessivité de plus en plus manifeste, pourtant les mots d'Arès la faisaient palpiter d'un désir fébrile. Quelles que soient les circonstances bizarres qui allaient la mener vers le résultat final, sa vie allait changer radicalement et un très ancien rêve secret deviendrait réalité.

Si ça se trouve, dans un mois, tu seras enceinte...

Mais avant cela il y avait un sujet qu'ils devaient aborder, songea-t-elle en maudissant le feu qui lui embrasait les joues.

— Comment vais-je tomber enceinte ? Je suppose que ce sera une FIV, mais…

Le rire diabolique d'Arès lui coupa la parole.

— Non, *agapita*. Tu te trompes. Tu seras dans mon lit chaque nuit jusqu'à ce que nous soyons absolument certains que je t'ai fécondée. Même après, je me réserve le droit d'accomplir mes devoirs conjugaux.

Odessa se figea, estomaquée, tandis que sa température interne montait en flèche.

— Mais… pourquoi ? Tu ne m'apprécies même pas !

— D'une part, je ne sais pas ce qui te permet de dire cela, et d'autre part je n'ai pas besoin de t'*apprécier* pour te faire un bébé.

— C'est tellement… tordu. *Tu* es tordu !

— J'ai toujours été comme ça.

— Non. Je refuse de croire que j'ai été aussi aveugle.

— Tu as seulement vu ce que tu voulais voir. Tu es la seule responsable.

Ils se fixèrent pendant un moment, puis Odessa poussa un long soupir affligé.

— Dans ce cas, sans doute dois-je remercier la providence que les choses aient tourné comme elles ont tourné.

Arès s'assombrit et, d'un geste vif, retira la main toujours posée en bas de son dos.

— Peut-être. Mais cela ne change rien au fait que je te ferai mienne le soir de notre nuit de noces. *Entièrement* mienne.

L'île d'Ismène, située à mi-chemin entre Athènes et la Crète, était un joyau de quatre kilomètres carrés encore plus paradisiaque que ce que les photos suggéraient. Les yeux grands ouverts, Odessa ne perdait pas une miette du spectacle tandis que le jet d'Arès se préparait à atterrir. Elle aperçut soudain, à quelques pas d'une plage de sable blanc, un chapiteau et des arches ornés de fleurs, plantés sur une pelouse d'un vert éclatant.

Mon Dieu, c'est donc bien réel…, songea-t-elle, plus excitée qu'angoissée.

— S'il ne tenait qu'à moi, nous serions mariés avant le coucher du soleil, murmura Arès à son oreille. Mais mon père insiste pour que je ne me comporte pas comme une brute, alors tu vas pouvoir trouver tes repères, te reposer et profiter de ta dernière nuit de célibataire.

Il prit sa main dans la sienne et la porta à ses lèvres. Un frisson la parcourut, même si elle savait qu'il se donnait en spectacle pour Sergios, qui les regardait avec un sourire béat.

La villa, de plain-pied, était une prouesse architecturale, avec de nombreuses terrasses offrant une vue à couper le souffle sur la mer Égée.

L'équipe était composée de six employés, dirigés par Déméter, une plantureuse matriarche d'une soixantaine d'années aux cheveux grisonnants, qui les conduisit vers une grande table où étaient disposés des rafraîchissements et de quoi se sustenter.

— Tu veux venir examiner le résultat de ton travail ? lui demanda Arès.

Odessa mourait d'envie de crier « oui » et de courir vers le chapiteau, toutefois elle se retint. Elle ne pouvait pas se permettre de mêler ses sentiments à cette histoire.

— D'accord, répondit-elle avec calme, malgré les battements frénétiques de son cœur.

Tous trois se levèrent. Ensemble, ils s'approchèrent de la pelouse où avait été construite l'étonnante arche de mariage, décorée des fleurs blanches et violettes qu'elle avait choisies. Odessa éprouvait des émotions contradictoires. Elle allait épouser Arès Zanelis, comme dans ses fantasmes d'autrefois, dans un cadre somptueux et un décor romantique qu'elle avait contribué à créer – le rêve de toute future mariée. Après quoi elle ne serait plus qu'une mère porteuse, prise au piège afin qu'Arès puisse assurer sa descendance et faire plaisir à son père.

— Tout est parfait, assura-t-elle, malgré l'étau qui lui comprimait la poitrine.

Ils regagnèrent la terrasse principale.

— Déméter va te montrer notre suite, annonça Arès.

Elle tiqua en entendant cet adjectif possessif, mais elle ne pouvait poser de questions devant Sergios et la gouvernante. Elle suivit donc cette dernière.

Les appartements occupés par Arès se composaient de deux chambres séparées par un vaste salon. Sur la terrasse panoramique, une mini-piscine permettait de se détendre devant l'époustouflant paysage. Ses affaires avaient été déballées et rangées dans le dressing blanc et lilas assorti à la deuxième chambre – l'autre, celle d'Arès, était décorée dans des tons blanc et ardoise. Cela semblait signifier qu'elle n'aurait pas à dormir avec Arès cette nuit-là. Odessa en fut soulagée.

Mais ce n'est que partie remise, songea-t-elle avec une pointe d'appréhension – et beaucoup d'excitation.

La styliste inséra la dernière épingle en diamant dans la coiffure sophistiquée d'Odessa, puis lui fixa le voile sur la tête. Alors, elle l'autorisa à se voir en pied dans sa robe de mariée.

Aussitôt, les larmes lui montèrent aux yeux. La robe

était sortie tout droit de ses rêves, avec son col licou en soie recouvert d'une délicate dentelle, sa taille cintrée qui moulait les hanches et sa jupe qui s'évasait légèrement jusqu'aux genoux pour se terminer par une courte traîne. Dès qu'elle l'avait aperçue, Odessa avait su qu'elle n'avait plus besoin de chercher.

Elle mit cette soudaine émotivité sur le compte de la fatigue, parce qu'elle se refusait à lier cet état au fait qu'elle allait devenir la femme d'Aristote Zanelis – le seul homme que son conscient et son subconscient continuaient à évoquer chaque fois qu'elle pensait au mari idéal et au père de ses enfants.

Elle sortit de sa chambre. Sergios l'attendait dans le salon, touchant dans son beau smoking, aussi nerveux et excité que si c'était lui le futur marié. Lorsqu'il posa les yeux sur elle, Odessa fut presque certaine qu'il se retenait de pleurer. Il lui saisit les mains.

— Je sais que ce n'est pas la tradition, mais j'aimerais t'escorter jusqu'à l'autel. Tu es d'accord ?

Odessa avait une boule dans la gorge. Elle pensa à sa mère, dont elle portait le médaillon autour du cou. Sa présence lui manquait encore plus aujourd'hui. Elle se mordit l'intérieur de la joue afin d'empêcher les émotions de jaillir. Si seulement son père avait pu prendre un tout petit peu exemple sur celui d'Arès...

— J'en serais très honorée, Sergios, dit-elle d'une voix tremblante. Merci.

Elle posa la main sur son avant-bras et ils se mirent en marche.

Dehors, la trentaine de personnes invitées par Arès patientaient sous le soleil, assises de part et d'autre de l'allée qui menait à l'arche sous laquelle se tenait le futur marié, superbe dans son costume gris clair coupé sur mesure. Il semblait aussi calme qu'elle était nerveuse.

Il posa les yeux sur Sergios et, pendant une seconde, elle vit passer entre eux une émotion indéfinissable. Puis Arès verrouilla le regard au sien. Dans d'autres circonstances, Odessa aurait pu se laisser emporter jusqu'à la pure félicité par cet échange de regards. Mais elle savait ce que signifiait l'éclat dans celui d'Arès : le triomphe du conquérant. Elle s'était rendue, et il avait l'intention de profiter de sa victoire jusqu'à satiété.

Lentement, ils se dirigèrent vers lui. Sergios s'écarta alors, et Odessa se retrouva face à Arès. Il lui saisit les mains et les porta à ses lèvres. Elle fut traversée par un frisson brûlant, qui attisa l'incendie qui faisait déjà rage en elle.

— Tu es exquise, *eros mou,* murmura-t-il d'une voix rauque.

Ce n'est pas un vrai mariage, se répéta-t-elle pour combattre les émotions malvenues qui l'envahissaient. *Ce n'est qu'une comédie.*

Elle essaya de ne pas l'oublier pendant qu'ils échangeaient leurs vœux, puis lorsqu'ils remontèrent l'allée matérialisée par un tapis blanc qui les mena jusqu'au chapiteau surplombant l'océan où se déroulait la réception.

Cela devint difficile quand Arès la prit dans ses bras, le regard possessif, et la serra contre lui pour ouvrir le bal.

— Une fois de plus, je me retrouve à souhaiter que le temps suspende son vol et que tout le monde disparaisse, murmura-t-il à son oreille.

— Parce que tu veux en finir le plus vite possible ?

Arès ne rebondit pas sur sa tentative d'humour. Odessa avait de plus en plus chaud, prise dans un tourbillon d'émotions et de sentiments contradictoires – exultation, excitation, impatience, inquiétude...

— Au contraire. J'ai beau vouloir le nier, je ne peux m'empêcher d'admettre que j'attends depuis longtemps le moment où nous serons seuls tous les deux.

La sensualité de sa voix alluma une fièvre érotique dans tout son corps. Odessa se dit alors qu'il allait être très compliqué de tenir ses émotions à distance.

Quand Arès referma la porte de la suite derrière eux, le cœur d'Odessa manqua un battement.

Voilà, nous y sommes...

Elle jeta un coup d'œil vers la porte de sa chambre. Il l'intercepta et secoua la tête.

— Oh ! non ! Tu n'y retourneras pas avant un bon moment.

— On peut en discuter, non ?

— Non. Le temps des discussions est révolu. À moins que tu ne veuilles revenir sur ta parole ?

Odessa redressa le menton et le défia du regard. Il savait exactement sur quel bouton appuyer pour la faire réagir.

— Jamais ! affirma-t-elle.

— Dans ce cas...

D'un mouvement vif, il la prit dans ses bras et la souleva. Puis il se dirigea vers sa propre chambre, dont il ouvrit la porte d'un coup de pied. Odessa n'avait fait qu'apercevoir la pièce, la veille, quand Déméter l'avait accompagnée jusqu'à la suite. De près, le grand lit était encore plus imposant, haut perché, garni d'oreillers et de coussins élégants.

Arès la reposa sur ses pieds. Puis il recula d'un pas et la contempla. Longuement. Comme si, maintenant qu'elle était en son pouvoir, il voulait faire durer le plaisir.

Eh bien, pas elle ! Soudain, elle avait besoin de mettre fin à ces montagnes russes émotionnelles. S'il ne voulait pas prendre les choses en main, elle allait le faire. Elle saisit le bracelet en diamant qu'il lui avait offert à peine deux heures plus tôt, pendant la réception. Mais avant qu'elle ait pu le retirer de son poignet Arès l'arrêta.

— Non ! Attends.

Il gagna sa table de chevet et ouvrit le tiroir. Il en retira deux sacs en velours et une grande boîte oblongue.

— Qu'est-ce que tu fais ? demanda-t-elle, interdite.

Il se contenta de vider le contenu des sacs et de la boîte sur le lit. Odessa en demeura bouche bée, les yeux écarquillés.

Trois parures en diamant brillaient de mille feux sur le couvre-lit.

— J'assouvis un autre fantasme, répondit-il.

— Un fantasme ? bredouilla-t-elle, de plus en plus déconcertée.

Il haussa les épaules, le regard pensif.

— J'ai quitté Alghero avec trois sous en poche, mais avec de grandes ambitions et des rêves insensés. L'un de ces rêves était de te couvrir de diamants à la première occasion.

La douleur lui piqua le cœur.

— Mais tu es parti sans me dire si…

Arès la fit taire en appuyant un doigt sur ses lèvres.

— Je ne veux pas commencer par une brouille. Tourne-toi.

Elle s'exécuta – en partie parce qu'elle voulait échapper à l'intensité de son regard. Le contact de ses doigts sur sa nuque, effleurant sa peau nue tandis qu'il défaisait un à un les boutons recouverts de soie, était une torture. Enfin, sa robe tomba en corolle à ses pieds, la laissant vêtue uniquement d'une petite culotte en dentelle blanche qui couvrait à peine la moitié de ses fesses.

— *Thee mou.* Tu es Aphrodite elle-même, souffla-t-il.

Il posa les mains sur sa taille et la ramena contre son corps musclé. La sensation était tellement divine qu'Odessa laissa échapper un gémissement. Il se pencha sur le côté et attrapa un bijou sur le lit. Elle perçut le contact froid du métal contre sa peau. Ses mamelons se raidirent. En baissant les yeux, elle aperçut une chaîne de corps sertie de diamants, au centre de laquelle pendait une chaîne plus courte qui se terminait par un diamant jaune, plus gros et en forme de goutte d'eau. Elle s'émerveilla devant ce bijou incroyable et très érotique. Arès en profita pour faire descendre sa culotte jusqu'à ses pieds. Puis il la fit pivoter et ils se retrouvèrent face à face.

— Ton corps époustouflant est un écrin parfait pour les diamants. Tu es encore plus belle que je ne l'avais imaginé.

Les mains d'Arès glissèrent le long de son dos avant de lui saisir les fesses. Il baissa alors la tête et passa la langue sur un mamelon, puis referma sa bouche brûlante dessus. Odessa se liquéfia. C'était divin ! Elle lui agrippa les cheveux, encourageant ses caresses. Il passait d'un sein à l'autre, tendre et gourmand. Elle était prise de tremblements incontrôlables. Elle enfonça les ongles dans ses épaules.

Soudain, Arès la poussa fermement en arrière. Odessa tomba sur le lit, allongée sur le dos. Le triomphe faisait luire son regard de fauve qui se repaissait du spectacle de sa proie offerte en sacrifice.

Il s'agenouilla sur le lit et retira sa veste, les yeux rivés aux siens. Il jeta sa veste, défit les boutons de sa chemise, puis il attrapa un autre bijou – un bracelet de cheville. Odessa était excitée comme jamais par son petit manège. Un peu gênée, elle songea que cela ne devait pas avoir échappé à Arès, qui lui avait relevé la jambe droite et posé le pied contre son large poitrail. Au lieu de fixer le bracelet à sa cheville, il le fit remonter jusqu'à l'intérieur de sa cuisse. Il portait un diamant jaune identique à celui de la chaîne de corps en guise de pièce maîtresse.

— Cela fait longtemps que j'attends cela, souffla-t-il.

Si Odessa décela une pointe de satisfaction dans sa voix, c'était l'amertume qui dominait.

— Tu n'as pas l'air heureux, pourtant...

— Cela aurait pu arriver beaucoup plus tôt, se contenta-t-il de répliquer sans cesser de la dévorer des yeux.

Odessa ouvrit la bouche pour répondre, mais qu'aurait-elle pu dire ? Elle n'avait pas l'intention de s'excuser à nouveau : elle considérait qu'elle avait déjà payé pour les erreurs commises le jour de son dix-huitième anniversaire.

Du pouce, il commença à lui caresser la bouche, avec insistance, en appuyant sur la pulpe des lèvres. C'était si torride qu'Odessa gémit. Puis, n'y tenant plus, prise d'une subite impulsion, elle referma la bouche sur son pouce, qu'elle entreprit de sucer.

— *Theos...*, marmonna-t-il d'une voix rauque, les yeux si sombres qu'ils étaient presque noirs.

Fascinée, elle le regarda défaire sa ceinture, déboutonner son pantalon et descendre sa braguette. Il interrompit son strip-tease pour faire glisser les doigts sur elle, de la gorge au ventre, laissant une traînée de frissons derrière lui. Il stoppa son mouvement en parvenant au diamant de la chaîne de corps, posé contre son pubis. Il retira le pouce de sa bouche et leva les yeux de son corps vibrant d'impatience. Il planta le regard dans le sien. Alors, sa main descendit lentement, jusqu'à recouvrir entièrement son sexe.

— C'est à moi.

Une affirmation brute, absolue, marque d'une possessivité primitive qui acheva d'embraser les sens d'Odessa.

— Dis-le, ordonna-t-il.

— C'est… c'est à toi, bredouilla-t-elle, noyée dans un torrent de sensations nouvelles.

Il se laissa tomber en avant pour se positionner sur un coude, à côté d'elle. La main posée entre ses jambes commença à la caresser ; de l'autre, il retira une à une les épingles en diamant de ses cheveux. Odessa ondulait sous ses gestes précis. Son corps s'arquait à la rencontre du plaisir qu'elle sentait monter en elle. Arès prit le temps d'étaler sa chevelure détachée sur l'oreiller, tout en lui murmurant à l'oreille des mots grecs d'une voix honteusement sensuelle.

La main droite d'Arès avait concentré ses mouvements, de plus en plus rapides, sur le clitoris. Les gémissements d'Odessa s'amplifiaient. L'orgasme n'était plus très loin, tornade multicolore qui avançait droit vers elle depuis l'horizon rose et bleu. Son corps se tendait à se rompre, ses doigts agrippaient le couvre-lit. La promesse du plaisir était à la fois enivrante et terrifiante.

— Viens pour moi, Odessa ! ordonna Arès. Maintenant !

Alors, dans un long cri, elle laissa la tornade multicolore l'emporter vers les étoiles. À travers ses paupières mi-closes, elle constata qu'Arès se gorgeait de chacune de ses réactions, de son abandon, puis il embrassa fougueusement ses lèvres.

Haletante et alanguie, elle le vit se lever. Cela lui donna envie de protester, mais elle savait qu'il n'en avait pas fini avec elle. D'ailleurs, il se débarrassait déjà de ses derniers vêtements.

Enfin !

Au début de la vingtaine, Arès était d'une perfection physique à couper le souffle. Dix ans plus tard, sa masculinité brute était encore plus fascinante. Et cette érection... Seigneur ! Elle était longue, dure, épaisse et à la fois parfaitement proportionnée, tentante, le fruit défendu dans toute sa splendeur.

Voir l'effet qu'elle produisait sur lui renforça sa confiance en elle. Elle se souvenait qu'à l'époque il semblait captivé par elle. Pas autant qu'elle ne l'était par lui sans doute, mais suffisamment pour qu'elle se dise désormais que, peut-être, cette attirance n'était pas à sens unique. Après tout, serait-il toujours aussi furieux de ce qui s'était passé après ce baiser, le jour de ses dix-huit ans, si elle n'avait rien représenté pour lui ?

Encouragée par cette pensée, elle se passa la langue sur les lèvres tout en ramenant sa chevelure en arrière. La sensualité de ses gestes alluma une lueur lascive dans les prunelles d'Arès, qui s'approcha d'elle.

Il était grand, imposant, un concentré de virilité, mais elle était prête à l'accueillir. Impatiente.

Alors, dans un élan provocateur dont elle ne se serait jamais crue capable, elle écarta lentement les jambes...

Arès pensa vraiment devenir fou. Odessa, sublime, couverte de diamants, l'invitait sans équivoque à la posséder.

Theos !

Il se coula sur le lit et se positionna au-dessus d'elle. Il prit sa bouche en un baiser sauvage, laissant ses mains avides parcourir son corps de déesse. Ils haletaient tous les deux. Leurs corps se découvraient, s'apprivoisaient, prêts pour le festin sensuel. Il se délectait de la douceur soyeuse de sa peau.

Arès allait enfin faire sienne la princesse interdite qu'il convoitait depuis bien trop longtemps – et contre toute logique.

Il positionna son érection, se demandant s'il avait déjà été aussi dur, aussi tendu. Puis, d'une longue poussée, il fut en elle.

Odessa écarquilla les yeux. Il y lut sa surprise d'être ainsi envahie, mais aussi de l'exultation. Bon sang ! elle était si serrée autour de lui qu'il crut un instant qu'il n'allait pas pouvoir se retenir. Ils commencèrent à bouger de concert, parfaitement synchronisés. Elle l'encourageait d'une voix éraillée qui lui donnait la chair de poule. Son cerveau se déconnecta. Il était entièrement là, avec elle, en elle, galvanisé par ses gémissements de plus en plus profonds. Sa magnifique chevelure lui faisait comme une auréole autour de la tête. Il en avait tellement rêvé ! Les diamants qui scintillaient sur sa peau ne parvenaient pas à éclipser sa farouche beauté ; au contraire, ils la sublimaient.

Odessa Santella était à présent devenue pleinement Odessa Zanelis.

Où que tu sois en enfer, Elio Santella, j'espère que cela te fera brûler plus vite ! se dit-il fugacement.

Il s'enfonça plus fort en elle, plus vite, et lorsqu'elle explosa en hurlant son prénom, accrochée à lui comme s'il était un radeau dans la tempête après un naufrage, il tint bon. Il se délecta du spectacle de son orgasme, puis s'abandonna à son tour dans un délicieux et absolu vertige.

Et même au plus fort de la jouissance Arès pressentit

confusément que sa faim d'elle n'était pas rassasiée, que son appétit reviendrait très vite. Trop vite.

Peut-être même qu'il serait plus grand...

Peut-être qu'il devrait commencer à accepter que les choses entre Odessa et lui n'étaient pas aussi simples qu'il l'avait imaginé...

6

— *Kalimera.*

La voix était proche, suffisamment basse et rauque pour arracher un frisson à Odessa, puis faire pleuvoir sur elle les souvenirs scintillants de la nuit précédente et des premières heures du matin.

Le bras d'Arès, allongé derrière elle, lui entourait la taille, la clouant sur le matelas.

— Bonjour, répondit-elle sans se retourner.

— Tu as l'intention de m'ignorer ? susurra-t-il d'un ton taquin à son oreille, avant d'en embrasser le lobe.

Puis ses lèvres descendirent dans son cou et sur sa nuque. Le corps d'Odessa réagissait déjà à ces baisers tendres et sexy.

— Désolée, je n'ai pas l'habitude de ce genre de lendemains.

Elle lui jeta un regard furtif. À sa grande surprise, l'humour et la légèreté qu'elle avait perçus dans sa voix ne se reflétaient pas sur son visage. Au contraire, Arès semblait contrarié, voire mécontent. Il roula loin d'elle et se leva. Aussitôt, Odessa eut l'impression d'être plongée dans un bain glacial. Sa chaleur lui manquait déjà, et elle se détestait pour cela.

Tirant le drap jusqu'à son cou, elle se redressa et s'assit contre les oreillers. Arès se tenait debout à côté du lit, le regard rivé sur elle.

— Qu'est-ce que j'ai encore fait de mal ? s'exclama-t-elle.

— Dis-moi que cet idiot n'a pas été le premier, grommela-t-il entre ses dents serrées, le regard dur.

— Sois précis. Tu sembles penser que, à part ton père et toi, tout homme avec lequel j'interagis est soit un idiot soit un salaud.

Un éclair amusé traversa ses prunelles, mais son ton était de nouveau dur lorsqu'il répondit :

— Je veux parler de Paolo Romani, ce crétin que je t'ai vue embrasser le jour de tes dix-huit ans.

— Est-ce que tu as tout vu ?

Sa première erreur avait été de se jeter au cou de Paolo Romani, par désespoir. Elle était loin de se douter alors que tout cela n'avait été qu'un piège savamment orchestré par son père : Paolo avait participé à une mise en scène destinée à être vue par Arès. Le temps qu'elle reprenne ses esprits, Arès était parti.

— J'en ai vu assez. Tu devrais remercier ta bonne étoile que mon père m'ait conseillé la retenue. Je t'aurais arrachée de ses bras, puis je vous aurais étranglés tous les deux.

Cela expliquait certaines choses, car elle soupçonnait qu'Arès n'avait pas été témoin de toute la scène. Horrifiée par ce qu'elle avait fait, Odessa avait repoussé Paolo, puis s'était débattue lorsqu'il l'avait plaquée contre le mur et traitée d'allumeuse. Elle avait dû lui mettre un coup de genou entre les jambes pour pouvoir s'enfuir.

— Arès, je...

— Tu as apprécié ? Est-ce qu'il t'a fait ressentir la même chose que moi ? La même chose que ce que je te faisais ressentir à l'époque ?

Ses mots étaient comme des tessons de verre qui l'entaillaient pour faire jaillir des secrets, exposant des vérités qu'elle ne pouvait plus cacher.

— Non.

— Ne me mens pas !

Elle rit, un rire amer qui lui brûla la gorge.

— Crois-moi, j'aimerais pouvoir dire le contraire, que c'était le meilleur baiser de ma vie. Alors, je ne t'aurais pas détesté et je ne me serais pas détestée à ce point.

— Il t'a fait du mal ? demanda-t-il, inquisiteur.

— Non, Arès. C'était une erreur, une erreur rapide et tiédasse.

Parce que ce n'était pas toi, faillit-elle ajouter.

Seigneur, comme elle détestait l'attirance qu'elle ressentait encore pour Arès ! C'était presque une dépendance, déjà, et elle commençait à craindre pour ses émotions et sa santé mentale. Oui, Arès Zanelis la tourneboulait comme rien ni personne ne l'avait fait auparavant.

Il continuait à darder sur elle un regard suspicieux qui l'agaçait.

— Pouvons-nous passer à autre chose ? Tu as tes réponses : le baiser avec Paolo était nul, il n'a pas été mon premier amant, ma première fois a été un non-événement et je suis là, maintenant, avec toi. Tu devrais être heureux, non ?

Non, il n'était pas heureux.

Et deux semaines après cette conversation Arès ne l'était toujours pas, traversé par des émotions malvenues et déstabilisantes qu'il méprisait.

Pourtant, c'était lui, et non Paolo Romani, qui tenait Odessa dans ses bras chaque nuit. Il avait gagné, et pris sa revanche sur Elio Santella, qui ne l'estimait pas assez bien pour sa fille – au contraire de ce Romani de malheur. Il avait passé la bague au doigt de la jeune femme, et serait lié à elle pour les cinq prochaines années, au moins.

Alors pourquoi ne parvenait-il pas à chasser les sombres nuages du mécontentement ?

La réponse lui vint dans les airs, sur le trajet de retour depuis Londres, alors qu'il était assis dans le luxueux fauteuil en cuir de son jet privé.

Il ne parvenait pas à se réjouir tout simplement parce que, comme d'habitude avec cette femme, il en voulait toujours plus.

Les quinze jours qui venaient de s'écouler depuis leur mariage leur avaient permis de s'installer dans une routine. Il pouvait diriger son empire depuis Ismène, même s'il devait parfois s'absenter pour des rendez-vous. Comme Odessa semblait apprécier son île, il n'avait pas de scrupules à partir, en général tôt le matin pour être de retour le soir même. Odessa et lui allaient alors se coucher ensemble, et il aurait juré que cela ne lui déplaisait pas... Il était loin d'avoir assouvi l'appétit qu'il avait d'elle – ce qui était une bonne chose, puisqu'il y avait une finalité à leur débauche de sexe.

Ce qui le contrariait, c'était qu'il n'était parti que depuis quarante-huit heures et que sa peau le démangeait, comme un toxicomane privé de sa drogue.

Il consulta sa montre. Encore cinquante minutes à tenir, se dit-il. Dans moins d'une heure, il pourrait serrer Odessa dans ses bras. Pas parce qu'il était en manque d'elle, mais parce qu'il devait faire en sorte qu'elle tombe enceinte...

Arès n'en croyait pas ses oreilles. Debout face à lui, Déméter avait les mains posées sur les hanches et semblait insensible à son effroi.

— Ils ont fait… *quoi* ? lança-t-il à sa gouvernante.

Celle-ci parut irritée d'avoir à se répéter.

— Ils ont pris la voiture il y a une demi-heure. *Kyrios* Sergios a dit qu'ils faisaient un tour de l'île.

— La voiture, pas le buggy ? Qui conduisait ? s'écria-t-il, redoutant la réponse.

Son père avait dû renoncer à conduire à cause de son arthrite, mais il avait très bien pu convaincre Odessa de prendre le volant de sa voiture de sport. Et piloter un tel bolide sur des routes inconnues…

— Votre femme, répondit Déméter.

Oh ! bon sang !

— Mais elle n'a pas le permis !

Il sortit de la villa et se dirigea vers le garage. C'était ridicule d'avoir une voiture de sport sur l'île, mais il avait cédé longtemps auparavant à la passion de son père pour les bolides. Il poussa un juron en constatant l'espace vide dans le garage. Il sortit son téléphone de sa poche ; au même moment, un bruit de moteur lui parvint aux oreilles. Il tourna la tête et vit le cabriolet au loin, sur la route à flanc de montagne.

Elle conduit trop vite !

Arès courut vers l'allée, afin d'avoir une meilleure vue. La voiture tressauta, cala, puis bondit en avant. Sa poigne se resserra autour du téléphone, son pouls battait la chamade. S'il arrivait quelque chose à Odessa… à eux deux…

Il résista à l'envie de l'appeler pour lui dire d'arrêter le véhicule, de peur de la distraire. Un frisson glacial lui parcourut la nuque et, pendant les quatre minutes qui suivirent, il resta immobile, regardant la tache jaune apparaître puis disparaître au gré des sinuosités de la route, et enfin grossir jusqu'à ce qu'elle apparaisse au fond de l'allée.

Odessa cala à nouveau, et il grimaça en entendant souffrir la mécanique. La voiture eut un nouveau soubresaut, accéléra, avant de s'arrêter dans un dernier rugissement à une dizaine de mètres de lui.

Odessa et son père souriaient, l'air heureux, mais les sourires s'effacèrent lorsqu'ils le virent. Il se rua vers le cabriolet.

— Qu'est-ce que tu fabriques, bon sang !?

— Bonjour à toi aussi, répondit-elle, ironique et imperturbable.

Arès ne put que constater à quel point elle était sexy au volant de son bolide ; à quel point elle était belle, tout simplement. Le soleil grec avait donné à sa peau une délicate teinte cuivrée, qui mettait en valeur ses yeux magnifiques. Mais, même si certaines parties de son corps réagissaient à la beauté paradisiaque d'Odessa, une frousse résiduelle le gardait sous son emprise.

— Je t'ai posé une question, marmonna-t-il.

— Nous sommes allés faire un tour.

Il jeta un coup d'œil à son père et vit de l'amusement dans son regard.

— Ce n'est pas drôle, lui lança-t-il en grec.

Sergios leva les deux mains en signe de reddition, puis déposa un baiser rapide sur la tempe d'Odessa avant de sortir du véhicule et de s'éclipser.

— Cette mine renfrognée est-elle censée me faire peur ? demanda Odessa.

Il ouvrit la portière et tendit la main.

— La clé.

Elle la lui donna avec un regard noir.

— Suis-moi, nous avons à parler.

Odessa pinça les lèvres, mais elle se laissa entraîner à l'intérieur, jusqu'à son bureau. Arès claqua la porte derrière eux. Odessa prit place sur le canapé devant la grande cheminée, croisant ses longues jambes et l'observant avec un calme que lui-même était loin de ressentir. Car l'évidence qu'elle lui avait manqué frappait chacun de ses sens, et la terreur rétrospective à l'idée qu'elle aurait pu être blessée ne se dissipait pas.

Il n'était pas en position de force, et il détestait cela.

Odessa regarda Arès faire les cent pas pendant une bonne minute. Elle commençait à perdre patience lorsqu'il s'arrêta net devant elle.

— As-tu au moins un permis de conduire ? demanda-t-il. Si je me souviens bien, d'après ton père, les femmes n'étaient pas censées conduire, n'est-ce pas ?

Elle rougit, blessée par ce rappel. Lui interdire de conduire avait en effet été l'une des nombreuses façons dont son père l'avait maintenue sous sa coupe. Elle avait tellement insisté et remis le sujet sur le tapis qu'il avait fini, dans un rare élan de magnanimité, par l'autoriser à prendre des leçons.

— Oui, j'ai le permis, annonça-t-elle, ravie de voir le regard surpris d'Arès.

— Et combien de fois as-tu conduit depuis ? répliqua-t-il. Je ne parle pas de la voiturette électrique que tu utilisais pour te déplacer dans la propriété de ton père.

Elle leva les yeux au ciel, irritée par tant de condescendance.

— Antonio me laissait conduire sa voiture pour aller faire les magasins, de temps en temps.

— Antonio, le jardinier ? Avec son vieux tacot qui ne pouvait pas rouler plus vite que trente kilomètres-heure ?

— Qu'est-ce que tu cherches à me dire, Arès ? s'emporta-t-elle froidement. Tu ne veux pas que je touche à ta précieuse voiture de sport ? Crois-moi, j'ai reçu le message. Ou est-ce que cela cache autre chose ?

— Autre chose ?

— Tu ne veux peut-être pas que je devienne trop proche de ton père...

Son cœur se serra quand elle prononça ces mots. Elle avait retrouvé la bonté et la gentillesse de Sergios Zanelis et, depuis deux semaines qu'elle résidait sur l'île, elle avait recherché sa compagnie tant il comblait son désir ardent d'avoir le genre de père qu'elle n'avait jamais eu. L'idée qu'Arès puisse lui en vouloir pour cela la faisait souffrir.

— Odessa, cette voiture est l'une des plus puissantes de sa catégorie. Une erreur et tu aurais pu...

Il marqua une pause, et son expression s'assombrit comme si une pensée le torturait.

— Les choses auraient pu très mal tourner, reprit-il.

La honte submergea Odessa.

— Je suis désolée, Arès. Je n'y ai pas pensé... je n'ai pas pensé à ton accident... Sergios disait que conduire lui manquait et j'ai proposé de l'emmener. J'aurais dû...

— Il n'est pas question de mon père ! s'exclama-t-il.

Son cœur bondit dans sa poitrine.

— Tu... tu t'inquiétais pour moi ? murmura-t-elle, abasourdie.

— Cela te surprend tant que cela ?

— Eh bien... un peu, oui.

Elle avait l'impression qu'il menait un combat intérieur. Très vite cependant, son visage redevint neutre.

— Ta santé et ta sécurité ne doivent en aucun cas être compromises. Ce n'est pas négociable.

Odessa grimaça et un ricanement amer lui échappa. *Quelle idiote !* Ce n'était pas elle qui le préoccupait, mais l'enfant qu'elle portait peut-être.

— Je ne voulais pas mettre en péril ta reproductrice, ironisa-t-elle, cynique. Mais je ne vais pas vivre enveloppée dans du coton pendant cinq ans, tu vas devoir l'accepter.

— Je fais confiance à ton bon sens pour que nous n'ayons plus besoin d'avoir cette conversation. Est-ce bien clair ?

Il était tellement raisonnable que c'en était exaspérant. Elle n'acquiesça pas immédiatement, désireuse de continuer à se battre. Elle était à la recherche d'un signe prouvant qu'il la considérait comme plus que la mère porteuse de ses enfants. Elle avait cru en déceler quelques-uns lors de leur discussion, mais sans doute avait-elle mal interprété ce qu'elle avait vu dans son regard, senti dans sa voix.

— Odessa... ? insista-t-il.

— Oui, Arès, c'est bon. Je peux aller me baigner maintenant ? Ou est ce trop dangereux ?

Il sembla se détendre un peu.

— Allons-y ensemble, proposa-t-il.

En arrivant à la piscine, Odessa s'installa sur une chaise longue, essayant de ne pas lorgner Arès tandis qu'il retirait son T-shirt blanc moulant. Elle attrapa sa crème solaire, juste pour faire quelque chose au lieu d'être tentée de détailler son corps d'athlète. Même après une chamaillerie, il mettait ses sens en ébullition.

Comme elle ne parvenait pas à calmer ses émotions, elle se leva, puis ôta son court kimono de soie, assorti à son bikini caramel et or.

Consciente que les yeux d'Arès parcouraient ses moindres courbes, elle se dirigea vers le bord de la piscine et plongea. Elle s'en voulait d'apprécier qu'il la dévore du regard. Elle s'en voulait de se rendre compte qu'il lui avait manqué pendant ces deux journées d'absence. Elle s'en voulait d'attendre avec impatience de partager son lit à nouveau ce soir.

Elle ne savait pas encore si elle était enceinte. Ses règles étaient prévues quelques jours plus tard. Un simple test de grossesse aurait pu répondre à son interrogation, mais elle avait hésité à se lancer dans l'aventure. Parce qu'elle craignait qu'un résultat positif ne signe la fin de leurs ébats ?

Tu connais la réponse, non ? se dit-elle en remontant à la surface. Elle sursauta lorsque deux mains fermes se refermèrent sur sa taille.

— Je craignais que tu ne te sois transformée en sirène, glissa Arès d'une voix sensuelle.

Son torse musclé et bronzé constellé de gouttelettes scintillantes lui coupa la respiration.

— Je t'ai manqué ? reprit-il.

— Pas du tout, mentit-elle, troublée par l'embrasement soudain de tous ses sens. Ton père et moi nous sommes bien amusés.

— Ah bon ? lâcha-t-il avec un sourire narquois, haussant un sourcil. Peut-être qu'une piqûre de rappel est nécessaire, alors, non ?

Arès l'attira contre lui et baissa la tête jusqu'à ce que leurs lèvres se touchent presque.

— Embrasse ton mari, *agapita.*

Avec un gémissement de reddition, Odessa pressa les lèvres contre les siennes. Elle frémit lorsqu'il prit le relais, traversée par une onde érotique violente. Il lui caressa les lèvres de la langue, puis celle-ci chercha la sienne, dansa avec elle. Ils s'embrassèrent. Odessa était agrippée à ses larges épaules. Il avait les mains posées sur ses fesses, la pressant contre son ventre, et l'érection d'Arès lui rappelait que lui aussi la désirait.

Alors qu'elle pensait en être réduite à le supplier sans vergogne de la prendre, là, dans la piscine, il rompit le baiser.

Le regard brûlant d'Arès parcourut son visage, la satisfaction l'assombrissant face à ce qu'il voyait sur le sien.

— Nous reprendrons cela plus tard, qu'en dis-tu ?

Prisonnière d'un tourbillon de sensations, Odessa se contenta de hocher la tête. Arès nagea quelques longueurs avant de sortir de la piscine. Elle y resta et, d'une brasse paresseuse, effectua quelques allers-retours pour tenter de faire retomber la température de son corps. Sergios vint s'installer sur une chaise longue, un magazine automobile à la main. Cela ne perturba pas Arès, concentré sur l'écran de son téléphone – sans doute répondait-il à ses messages les plus urgents. Il reçut un appel et se leva pour répondre, avant de s'éloigner vers la maison. Odessa en profita pour sortir de l'eau.

Alors qu'elle s'approchait de Sergios, celui-ci lui sourit, mais elle vit un éclair de douleur traverser son visage tandis qu'il essayait de plier les doigts.

— Tu vas bien ?

Il poussa un soupir contrarié.

— Mon corps me rappelle que je suis un vieil homme avec de vieilles mains.

Odessa jeta un coup d'œil au tube de la pommade qu'Arès appliquait sur les articulations de son père pour soulager son arthrose.

— Il t'a massé ? demanda-t-elle.

Sergios secoua la tête.

— Mon fils n'a pas le temps, sans cesse au téléphone ou devant son ordinateur, soupira-t-il, fataliste, en haussant les épaules. Ce n'est pas un reproche, il est très occupé.

Il s'interrompit, la dévisagea, puis sourit.

— Tu veux bien le faire ? lui demanda-t-il.

— Tu es sûr ?

— Tes mains sont plus douces que les siennes, dit-il en souriant. Et puis tu es ma fille, maintenant, *mikros*.

Son cœur se serra, à la fois parce qu'elle était bouleversée que Sergios la considère comme sa fille et parce qu'il ignorait tout de la supercherie avec date de péremption que constituait ce mariage.

Elle massa lentement les doigts raides de ce beau-père qu'elle aimait tant. Les soupirs de soulagement qu'il poussait la faisaient fondre.

— Je savais que tu serais une infirmière parfaite, dit-il avec un clin d'œil complice.

Au moment où Odessa éclata de rire, Arès apparut dans son champ de vision, l'air contrarié. Elle se figea, comme prise en faute. Sergios leva les yeux sur son fils. Il ne semblait pas se soucier de la tension qui électrisait soudain l'air.

— Tu arrives trop tard, mon fils ! J'ai une nouvelle aide-soignante. Et elle fait un bien meilleur travail que toi.

Arès poussa un soupir de dédain, mais le regard qu'il posait sur son père était bienveillant et protecteur. Il tira une chaise, s'assit et scruta sa manière de procéder. Elle aurait voulu demander à Arès d'expliquer pourquoi il paraissait à la fois approuver son attitude et se méfier d'elle. Elle aurait aimé lui assurer qu'il n'avait rien à craindre, qu'elle ne le laisserait pas tomber.

Mais comment communiquer avec cet homme qui soufflait en permanence le chaud et le froid ?

Après le dîner, Arès avait prévenu Odessa qu'il devait encore travailler une heure avant de la rejoindre dans la suite. Lorsqu'il y pénétra, elle bouillait d'impatience et d'excitation mêlées.

Les premiers mots qu'il prononça réduisirent en miettes cette folle excitation.

— Mon père est important pour moi, Odessa. Fais-lui du mal et je te poursuivrai jusqu'en enfer.

Même si cela la faisait souffrir de savoir qu'il pouvait penser cela d'elle, une partie d'elle comprenait Arès. Elle aurait rêvé d'avoir avec l'un de ses parents le genre de lien qu'il avait avec Sergios.

— Cela n'arrivera jamais. Je te le promets.

Un bref éclair de surprise passa dans ses yeux. Il commença à déboutonner sa chemise, le regard toujours fixé sur elle.

— Tu m'as fait une promesse, autrefois. Et tu l'as rompue.

Il n'avait pas énoncé ces paroles avec agressivité, mais presque à contrecœur. Odessa décida de s'engouffrer dans la brèche :

— Tu veux en parler ?

Arès plissa les yeux, comme s'il étudiait la question. Puis il parcourut son corps du regard.

— Peut-être plus tard. Pour l'instant, j'ai besoin d'autre

chose. Quelque chose qui garantit que notre accord reste sur la bonne voie.

Son refus de l'écouter, de lui laisser une chance de se justifier, était blessant. Et pourtant l'urgence lascive dans la voix d'Arès était irrésistible, et déjà elle avait des frissons, déjà ses tétons durcissaient, déjà elle avait envie de se perdre dans la fusion de leurs corps.

Il jeta sa chemise et s'approcha d'elle d'une démarche de grand fauve. Après s'être débarrassé de ses mocassins et de son pantalon, il la saisit par la taille et la souleva comme si elle ne pesait rien. Elle noua les jambes autour de ses hanches. Une seconde plus tard, elle était plaquée contre le mur de la chambre, leurs visages à quelques centimètres l'un de l'autre.

— J'aime constater que nous sommes sur la même longueur d'onde. Du moins si j'en crois les ondulations de ton bassin..., ajouta-t-il avec un sourire en coin diablement sexy.

Elle s'était à peine rendu compte qu'elle se frottait contre son érection, que ses ongles lui griffaient les épaules. Elle avait déjà lâché prise, n'était plus que désir et sensations, peau et frissons.

La facilité avec laquelle Arès faisait dérailler ses pensées et ses émotions attisait en elle une sorte de colère, réveillait des instincts violents. Elle lui attrapa une poignée de cheveux et les tira en arrière, le sexe plaqué contre le sien, qu'elle masturbait en bougeant lentement les hanches de haut en bas.

— Si tu ne veux pas m'écouter, au moins arrête de parler et agis ! le défia-t-elle.

Comme prévu, sa provocation sensuelle le fit réagir aussitôt. Il enfonça les doigts dans la pulpe de ses fesses.

— Tu es sûre d'être prête pour moi ?

— Je le suis, affirma-t-elle crânement, alors même que son instinct l'avertissait qu'il ne resterait peut-être plus grand-chose d'elle au moment où elle sortirait de cette tempête.

Cette intuition se confirma très vite. Puissant, dominateur, délicieux et attentif à son plaisir malgré l'intensité de ses coups de reins, Arès l'avait conduite si haut qu'elle avait crié son prénom au bout de quelques minutes.

Ensuite, il la fit jouir de nouveau, sur le lit, avec sa bouche cette fois, puis la posséda encore, lentement, à genoux derrière elle, accroché à ses hanches.

Odessa s'endormit la tête sur son torse viril, le cœur en fête, car c'était exactement là qu'elle voulait être.

7

Les jours suivants, la possibilité troublante que les sentiments qu'elle avait éprouvés pour Arès pendant son adolescence n'aient pas disparu, mais se soient au contraire intensifiés, poussa Odessa à faire de longues et pensives promenades sur l'île.

Elle était impressionnée par l'étendue de la fortune d'Arès et par le fait que, contrairement à elle, il s'était efforcé de réaliser ses rêves, atteignant une influence et un degré de pouvoir impressionnants.

Quant à Ismène, elle en était tombée totalement amoureuse.

Alors qu'Alghero n'était que vagues vicieuses s'écrasant sur des falaises abruptes et dangereuses, Ismène était surtout bordée de plages de sable blanc, léchées par une mer si calme et si bleue qu'Odessa imaginait que c'était à cela que ressemblait le paradis.

Elle était assise sur un haut promontoire rocheux, profitant du calme et de la brise dans ses cheveux, lorsque ses sens se mirent à vibrer. Quelques secondes plus tard, l'ombre de son mari se posa sur elle.

— Au début de ma balade, je me disais que cet endroit avait un air de paradis.

Arès s'accroupit à son niveau et la dévisagea.

— Et mon arrivée a changé ce point de vue ?

Elle haussa les épaules.

— Lucifer était autrefois un ange, si je me souviens bien.

— Alors, je suis le diable ou un ange ?

— Les deux ? Je t'ai supplié de me sauver. Tu l'as fait. Puis tu as retourné la situation contre moi.

Il s'assombrit.

— Tu continues à donner l'impression que tu vas vivre un enfer, *agapita*.

— À quel moment de notre histoire t'ai-je donné l'impression que je serais d'accord pour abandonner un enfant que je mettrais au monde ? répliqua-t-elle, cinglante.

— On dirait que tu cherches toujours à me prouver que j'ai tort !

— Absolument !

Arès ne répondit pas, se contentant de la fixer droit dans les yeux durant une éternité. Puis son regard se porta sur l'horizon. Odessa tourna aussi la tête vers le large, le cœur battant. Une partie d'elle voulait repousser ce sujet important et sensible, mais une plus grande partie d'elle détestait l'idée de le fourrer sous le tapis, de le laisser devenir une plaie qui pourrait s'infecter.

De toute façon, compte tenu de la nouvelle qu'elle devait divulguer au sujet de sa possible grossesse, elle ne pourrait pas tergiverser longtemps.

Si elle était enceinte, sa vie était sur le point d'être bouleversée. Et si elle ne l'était pas…

Dío ! Comment se préparer à faire le deuil de quelque chose qu'elle n'avait même pas envisagé un mois auparavant ? Comment son cœur pouvait-il se serrer à la perspective que leurs ébats aient pu ne pas donner les résultats escomptés ?

— Qu'est-ce que c'est ?

La voix d'Arès la tira de ses pensées. Il fixait le carnet de croquis qu'elle emportait toujours au cours de ses promenades. Elle rougit lorsqu'il se concentra sur ses dessins.

— Pas grand-chose. Juste quelques gribouillages.

— On dirait que c'est plus que des gribouillages, protesta-t-il, avant de tendre la main : Je peux ?

Elle secoua la tête. Les échos des moqueries de son père lui revinrent en mémoire.

— Je ne crois pas...

— Tu penses que je vais me moquer de toi parce que ton père le faisait ?

Odessa lui en voulut d'avoir deviné, mais ne laissa rien paraître. Arès ne baissait pas la main. Après de longues secondes de lutte silencieuse, elle lui remit le carnet à contrecœur. Puis elle se noya dans un silence mortifié tandis qu'il prenait son temps pour feuilleter les pages. Elle était au comble de la gêne lorsqu'il releva enfin les yeux. Son expression de surprise légèrement choquée, comme s'il était impressionné, la pétrifia.

— C'est toi qui as dessiné tout ça ?

— Oui, murmura-t-elle. Je sais qu'ils sont...

— ... frappants ? l'interrompit-il. En effet.

Elle écarquilla les yeux, incapable de prononcer un mot.

— Je me souviens que la décoration d'intérieur était ta passion, non ? Ton père t'a autorisée à aller à l'université ?

— Bien sûr que non. Mais j'ai pris des cours en ligne.

Il hocha la tête en signe d'approbation. L'orgueil gonfla dans sa poitrine : elle avait impressionné Arès Zanelis, un multimilliardaire, ponte international de l'immobilier ! Celui-ci lui rendit le carnet de croquis et posa le regard sur le ventre d'Odessa. L'angoisse chassa l'inquiétude lorsqu'il releva les yeux, une expression interrogative sur le visage. Elle prit une grande inspiration, le regard baissé.

Le moment était venu…

— Je… je ne sais pas si je suis enceinte. Mes règles ne sont pas arrivées hier, mais pour tout te dire je… j'ai eu de petits saignements aujourd'hui.

Quand elle avait constaté qu'elle n'avait pas ses règles, une vertigineuse exaltation s'était emparée d'elle ; qui s'était transformée en épouvante lorsqu'elle avait aperçu le sang le matin même.

En s'accrochant au faible espoir qu'elle pouvait tout de même être tombée enceinte, elle prit son courage à deux mains et chercha le regard d'Arès.

Le trop-plein d'émotions qui bouillonnait en lui menaçait de déborder. Déception, colère, rancœur, dévastation… comment se faisait-il qu'il soit autant affecté alors qu'il savait pertinemment que concevoir un enfant pouvait prendre des mois, voire des années ?

L'angoisse qu'Arès lut dans les yeux d'Odessa le heurta de plein fouet. La voir ainsi affectée lui fit prendre conscience, en miroir, de la profondeur de ses propres attentes.

— Tu t'attends à ce que je te fasse des reproches ? À ce que je t'engueule ?

— Cela n'aurait rien d'étonnant, déclara-t-elle d'un ton plein de défi.

Sa remarque le blessa plus qu'il ne l'aurait voulu.

— Je ne suis tout de même pas une brute épaisse qui rejette tous les torts sur sa femme, si ?

Odessa ne répondit pas immédiatement, ce qui le vexa

davantage. Le prenait-elle vraiment pour un monstre ? Comment pouvait-elle comparer la manière dont il la traitait avec le joug sous lequel Elio Santella la maintenait ? Il lui avait donné la possibilité de reprendre sa liberté d'ici à quelques années, pour l'amour du ciel ! Et la perspective qu'elle s'en saisisse le perturbait plus qu'il ne voulait bien se l'avouer.

— Dis-moi que ce n'est pas ce que tu penses de moi, demanda-t-il en s'efforçant de ne pas laisser transparaître l'importance que revêtait pour lui sa réponse.

— Tu te soucies de ce que je pense de toi ? rétorqua-t-elle.

Plus que de raison, en effet, mais pas question de le lui avouer.

— Je peux attendre ton verdict, déclara-t-il en se levant. Viens.

Il lui tendit la main.

— Où allons-nous ? demanda Odessa, sourcils froncés.

— Nous assurer que tu n'es pas enceinte, d'accord ?

Elle secoua négativement la tête, l'air rebelle.

— Pas avant que nous ayons discuté de certaines choses.

Un rire brutal lui brûla la gorge.

— Je suis impressionné, *agapita*. Tu as parfaitement choisi ton moment pour me mettre au pied du mur.

— Je me bats pour ce que je veux. Tu dois respecter ça.

Une partie de lui le respectait, en effet. Elle était la fille d'un parrain du crime organisé et avait réussi à ne jamais se compromettre et à garder de belles valeurs morales ; il avait toujours admiré cela, chez elle. Cela avait rendu sa trahison passée d'autant plus difficile à avaler. Même s'il semblait à présent évident qu'Elio Santella les avait manipulés tous les deux, ce qui lui donnait envie d'absoudre Odessa.

Il sortit son téléphone et appela le pilote de son hélicoptère. Il lui demanda de préparer l'appareil pour un voyage à Athènes.

— Je ne suis pas d'accord avec le fait de t'accorder la garde complète de mon enfant ! s'exclama-t-elle quand il eut raccroché.

— Et moi je ne veux pas risquer que mes enfants vivent ce que j'ai vécu.

Elle se leva et lui fit face, audacieuse et inébranlable.

— Arès, ce que ta mère vous a fait, à toi et à Sergios, est horrible. Tu as ma parole que je ne...

— Non ! la coupa-t-il. Elle avait juré, elle aussi. Elle avait des étoiles dans les yeux quand elle a épousé mon père, j'ai vu la vidéo des dizaines de fois. Elle lui avait juré qu'il était l'amour de sa vie.

— Il a dû se passer quelque chose, non ? hasarda-t-elle, adoucie.

— Mon père travaillait jour et nuit pour lui offrir la vie qu'il pensait qu'elle méritait. Mais ce n'était jamais assez, surtout quand juste à côté ta famille vivait dans l'opulence. Leur couple s'est délité peu à peu. J'ai vu mon père faire des pieds et des mains pour la garder. Quand il a compris que ce n'était plus possible, il l'a suppliée de laisser ma sœur derrière elle. Elle a refusé, alors qu'elle n'avait jamais vraiment voulu cet enfant. Mais elle voulait blesser mon père. Je ne peux pas... je ne permettrai jamais que cela arrive à mes enfants.

La mutinerie était gravée plus profondément sur son visage et dans ses yeux obsédants qui menaçaient de le condamner.

— Ce sont... ce *seront* aussi mes enfants ! Cela ne compte-t-il pas ?

Encore meurtri par ce voyage dans le passé avec ses parents, Arès répondit sous le coup de la douleur :

— Nous venons à peine de commencer notre voyage. Le jury n'a pas encore tranché.

Odessa le fusilla du regard. Il pouvait presque voir vibrer autour d'elle la colère et l'angoisse.

— Nous venons peut-être juste de commencer ce voyage, mais je vais bientôt tomber en panne de bonne volonté, Arès. Ne l'oublie pas.

En plus des nœuds qui lui tordaient déjà l'estomac, une lance de culpabilité le traversa de part en part lorsque Odessa se mit en route, pâle et digne comme une reine retenue captive, le condamnant à l'infamie sans même avoir besoin de daigner lui jeter un regard.

— Félicitations, *kyria* Zanelis ! Vous êtes enceinte.

Odessa fixa le médecin, puis Arès, puis le médecin de nouveau, le souffle coupé, les mots bloqués dans la gorge. C'était comme si son cerveau venait de disjoncter.

Enceinte ? D'Arès ?

Oh ! Mon Dieu...

La joie, la panique et la détermination tourbillonnaient en elle comme un cyclone. Arès l'observait presque avec férocité. Si elle l'avait trouvé possessif auparavant, ce n'était rien comparativement à son expression actuelle.

Le médecin proposa de les laisser seuls et se retira. Arès s'approcha lentement d'elle, la dévisagea longuement, puis il lui passa les doigts dans les cheveux avant de descendre le long de sa joue pour lui prendre le menton et lui incliner le visage vers le sien. Son autre main se posa entre ses seins puis glissa jusqu'à son ventre, sur lequel elle s'arrêta.

— C'est à moi, murmura-t-il.

Elle voulait lui dire qu'il se répétait, mais cela semblait dérisoire face au séisme de la nouvelle qu'ils venaient d'apprendre.

— Non. C'est le nôtre.

Le feu possessif s'intensifia dans les prunelles d'Arès. Odessa ne recula pas. C'était la bataille la plus importante de sa vie. Leurs regards continuèrent à s'affronter. Lorsqu'il se dégagea, elle retint un gémissement de frustration. S'en était-il rendu compte ? Avant qu'il ne puisse sonder cette faiblesse révélatrice, elle se détourna et prit son sac.

— Nous retournons à Ismène ?

— Tu n'as pas entendu le docteur ? Il aimerait que nous restions dans les parages un jour ou deux, pour s'assurer que tes saignements sont sans conséquence. J'ai aussi des affaires à régler à Athènes.

Elle haussa les épaules.

— J'étais trop occupée à t'observer combattre tes instincts primitifs de brute épaisse.

Sa repartie lui arracha un demi-sourire. Sa propre main remplaça celle d'Arès sur son ventre. *Dio mio,* elle allait être mère ! Dans moins de neuf mois, elle serait responsable d'un bébé. Elle devrait l'élever comme elle ne l'avait pas été, s'occuper de lui comme sa mère n'avait pas été autorisée à s'occuper d'elle – à cause de la vision archaïque et patriarcale de son père, qui estimait qu'une fille lui était inutile.

Malgré les penchants légèrement dominateurs d'Arès (qu'elle appréciait plutôt, si elle était honnête avec elle-même), Odessa savait qu'il ferait ce qu'il faudrait pour leur enfant, quel que soit son sexe. La relation qu'il entretenait avec son père la rassurait à cet égard. Mais il semblait douter de sa capacité à être une bonne mère. Avait-il raison ?

Non ! Elle déplacerait des montagnes pour assurer le bonheur de son bébé.

Elle jeta un coup d'œil par la fenêtre. Athènes scintillait sous le soleil d'automne.

— Tu vas râler si je te dis que j'ai envie de me promener, de profiter de ma liberté toute neuve si chèrement acquise ?

Il hocha lentement la tête.

— Très bien, j'accepte de te servir de guide.

Même si la proposition lui faisait plaisir, Odessa avait imaginé passer un peu de temps seule, histoire de digérer la nouvelle de sa grossesse.

— Je croyais que tu avais du travail ?

— Mes réunions peuvent attendre.

Quelque chose qui ressemblait à de la satisfaction fit frissonner Odessa.

L'expérience, inoubliable, durait depuis plus d'une heure. Arès commentait les lieux mythiques et prestigieux de sa ville, racontait des anecdotes, lui faisait découvrir des endroits moins touristiques mais plus pittoresques. Il bénéficiait d'un accès privilégié à tous les monuments.

Après qu'ils eurent admiré la vue spectaculaire depuis le sommet du mont Lycabette, Arès gara le SUV et ils flânèrent autour d'un petit parc aux allées bordées de bustes de dieux posés sur des piédestaux.

Soudain, une alléchante odeur de cuisine fit gronder l'estomac d'Odessa.

— Ça sent bon !

Arès sourit.

— Souvlakis. Tu as faim ?

Elle acquiesça.

— Le vendeur est juste de l'autre côté de la rue, annonça Arès. Je reviens tout de suite.

Il s'éloigna. Odessa pénétra dans le parc et s'arrêta devant une statue pour l'admirer. Tout à coup, quelqu'un lui saisit le bras d'une poigne dure. Avant qu'elle n'ait eu le temps de réagir, son ravisseur l'entraînait au pas de course vers le parking.

— Pensais-tu vraiment pouvoir t'éloigner de moi pour toujours ?

Elle frémit au son de cette voix cruelle et familière. En levant les yeux, elle croisa le regard féroce de Vincenzo Bartorelli.

— Non, c'est impossible..., haleta-t-elle, le souffle court. Tu ne peux pas être ici !

— La preuve que si. Je suis venu récupérer ce qui m'appartient.

Il était inutile de lui demander comment il l'avait trouvée : les hommes comme lui trouvaient toujours un moyen. Elle avisa la portière arrière ouverte d'un SUV garé à une dizaine de mètres. À côté, un gorille surveillait les alentours.

Seigneur ! Elle était kidnappée, en plein jour !

Consciente de la gravité de la situation, elle ravala sa peur et commença à se débattre et à crier. Vincenzo continuait à la tirer vers le véhicule. Le garde du corps s'avança vers eux pour prêter main-forte à son employeur.

S'ils réussissaient à l'enlever... Si Vincenzo découvrait qu'elle était enceinte d'Arès...

Non !

Une idée la traversa : il leur serait plus difficile de traîner un poids mort. Elle débloqua ses genoux et se laissa tomber sur le bitume. Surpris, Vincenzo marqua un temps d'arrêt. Puis il entreprit de la traîner sur le sol, malgré sa résistance et avec l'aide de son gorille.

Un rugissement déchira l'air. Puis une mêlée, des bruits de coups... la prise se relâcha sur son bras, elle était libre, allongée au sol, des corps chutèrent non loin d'elle, elle n'eut pas le temps de crier, pas le temps de se rendre compte de ce qui s'était passé, la bagarre était déjà terminée.

Elle s'efforçait de se redresser lorsque deux bras puissants se refermèrent sur elle, la remirent sur pied et l'enveloppèrent dans un cocon de chaleur et de sécurité.

— Odessa ! Tu vas bien ? demanda Arès, la voix vibrante d'inquiétude.

— Oui... je vais bien. Je...

— Chut, c'est fini... C'est fini.

Murmurant des mots en grec, il la caressait, apaisant.

— J'ai été stupide de sous-estimer à quel point il te voulait, marmonna-t-il comme s'il se parlait. C'est la deuxième fois qu'il pose la main sur toi. Il n'y en aura pas de troisième.

8

Assise au milieu du grand lit d'Arès, adossée à une montagne de coussins, Odessa se refaisait le film des heures qui venaient de s'écouler tout en grignotant un en-cas.

La police, alertée par des témoins, n'avait pas été longue à intervenir dans ce quartier huppé et très touristique. Vincenzo et son sbire avaient été emmenés, puis, après un bref interrogatoire, Arès avait été autorisé à ramener Odessa chez lui.

Il avait nettoyé ses égratignures, qui s'étaient révélées superficielles. Ensuite, il s'était déshabillé, ne gardant que son caleçon, et l'avait accompagnée sous la douche chaude. Il l'avait lavée avec une douceur qui avait fait monter une boule d'émotion dans la gorge d'Odessa. Il lui avait ensuite essuyé les cheveux et l'avait enveloppée dans un doux peignoir en coton épais.

Il l'avait alors soulevée dans ses bras jusqu'au lit. Un plateau avait été apporté dans la chambre pendant qu'ils étaient sous la douche.

Elle s'était pleinement ressaisie, à présent, et savourait le soulagement de se savoir en sécurité – de *les* savoir en sécurité, son bébé et elle. Elle ferma brièvement les yeux et fit une fervente et silencieuse prière de gratitude.

Lorsqu'elle les rouvrit, elle découvrit que le regard d'Arès était fixé sur elle, et que les mêmes émotions – soulagement et gratitude – se reflétaient sur son visage. Son cœur se mit à battre plus fort devant la force de sa réaction. Pour sa propre tranquillité d'esprit, il valait mieux ne pas chercher à analyser ce que cela pouvait signifier.

Heureusement, cet étrange, inattendu et déstabilisant moment d'empathie fut interrompu par la sonnerie du portable d'Arès.

— Mon père, annonça-t-il après un coup d'œil à l'écran.

Il prit l'appel vidéo et les deux hommes commencèrent à échanger en grec. Puis il lui tendit l'appareil.

— Il veut te voir pour être sûr que tu vas bien.

Odessa sourit lorsqu'elle découvrit le visage inquiet de Sergios.

— Je vais bien, lui dit-elle. Je le promets.

— C'est à mon tour de faire une prière pour toi, comme tu l'as fait pour moi il y a quatre ans.

Elle tressaillit.

— Comment le sais-tu ? murmura-t-elle, abasourdie.

— J'ai encore des amis, à Alghero, expliqua-t-il avec un clin d'œil malicieux.

— Savoir quoi ? intervint Arès. De quoi parlez-vous ?

Elle pinça les lèvres et secoua la tête en direction de Sergios en lui faisant les gros yeux pour qu'il se taise.

— Dis-lui, *mikros*, insista-t-il, bienveillant.

Elle poussa un long soupir, puis leva le regard vers Arès.

— Quand j'ai appris votre accident, j'ai fait une prière pour ton père, avoua-t-elle, avant d'ajouter après une longue pause : Et pour toi.

Une myriade d'émotions denses défilèrent sur le visage d'Arès, trop rapidement pour qu'elle puisse les déchiffrer.

— Elle a fait plus que cela, insista Sergios. Elle a allumé un cierge chaque matin et chaque soir. Et elle a demandé aux membres du personnel de faire de même.

— Sergios..., protesta-t-elle en rougissant.

Elle baissa la tête, mortifiée et paniquée à la fois. Elle se retrouvait encore plus en position de faiblesse face à Arès, désormais.

— Non, je ne me tairai pas. Tu as défié ton père et passé des heures dans la chapelle du domaine à prier pour mon fils et pour moi. Il mérite de le savoir.

— Est-ce vrai ? demanda Arès.

Son expression était impassible, mais dans ses yeux mi-clos brûlait un feu ardent. Elle détourna les siens. Le souvenir de ces trois semaines terribles où Arès avait été entre la vie et la mort était encore déchirant ; elle n'aimait pas y revenir.

— Oui, c'est vrai, avoua-t-elle dans un murmure.

Il prit le téléphone, dit quelques mots à son père, puis mit fin à l'appel. Il avait l'air... décontenancé. Déstabilisé. Comme si elle avait ébranlé ses fondations.

— Pourquoi ? demanda-t-il après un long silence.

Plusieurs raisons inavouables lui vinrent à l'esprit, mais elle en avait déjà trop révélé sur ses sentiments ; à cause de Sergios, et même si elle ne lui en voulait pas, elle s'était déjà bien trop exposée.

— Parce que quoi que tu penses de moi je ne suis pas un monstre.

Il sembla réfléchir à ses paroles. Il se mit à arpenter la pièce à grands pas nerveux, comme habité par une énergie et une vitalité incontrôlables. Enfin, il s'arrêta près du lit, s'accroupit et tendit la main pour effleurer la joue d'Odessa.

— Tu es beaucoup de choses, *agapita,* et il me reste beaucoup de toi à découvrir. Mais s'il y a une chose que tu n'es absolument pas, j'en suis certain, c'est bien un monstre.

Il se redressa et, se penchant vers elle, il l'embrassa au coin des lèvres. Il l'observa encore une seconde, lui sourit, puis lui déposa un baiser sur la tempe.

— Repose-toi maintenant.

La succession à quelques heures d'intervalle d'une nouvelle bouleversante et d'un l'événement traumatisant avait sapé son énergie. Épuisée, Odessa s'affaissa contre les oreillers. En fermant les yeux, elle se demanda si Arès et elle avaient franchi un cap dans leur relation, comme elle en avait l'impression, ou si, une fois encore, elle prenait ses désirs pour des réalités...

Lorsque Odessa se réveilla, elle eut la sensation d'avoir traversé un sommeil troublé par des rêves agités. Il lui sembla se souvenir que des mains passées dans ses cheveux l'avaient apaisée.

Elle trouva Arès sur la terrasse de leurs appartements, le téléphone collé à l'oreille, menant une conversation basse et animée. Lorsqu'il y mit fin, il l'aperçut et la rejoignit.

— Bonjour. Comment te sens-tu, ce matin ?

— Je vais bien, merci. Je suis contente que cette histoire se soit bien terminée et soit derrière moi.

— J'étais en ligne avec le chef de la police. C'est un ami. Il m'a assuré que les gros bras que Bartorelli a engagés pour l'assister ont dénoncé son intention de te kidnapper. Il a beaucoup moins d'influence en Grèce qu'en Italie. J'ai prévenu ton oncle que s'il bougeait le petit doigt pour aider Bartorelli il risquait gros. Mais ça l'arrange aussi que Bartorelli soit hors jeu.

C'était un rappel, si besoin était, qu'Arès était impitoyable. Il pourrait l'être avec elle aussi, elle ne devait jamais l'oublier. Même si pour l'instant sa redoutable détermination la protégeait, comme elle protégerait leur enfant.

— Merci, dit-elle simplement.

Il tendit la main pour lui caresser la joue. Puis, presque aussitôt et sans raison apparente, il s'assombrit.

— Je te laisse te préparer. Nous partons dans l'heure, dit-il.

Odessa regagna sa partie de la suite. Après sa toilette, elle s'habilla d'un pantalon-jupe et d'un haut blanc en coton à manches chauve-souris, qui présentait l'avantage de couvrir ses ecchymoses. Puis elle glissa les pieds dans des mules dorées à talons avant d'ajouter des anneaux en or à ses oreilles. Elle se brossa rapidement les cheveux et les attacha en un chignon lâche.

Arès l'attendait dans l'entrée. En sortant, elle repéra un SUV supplémentaire, avec à son bord quatre hommes intégralement vêtus de noir qui ne pouvaient être que des agents de sécurité.

— Est-ce vraiment nécessaire ? fit-elle avec une grimace.

— Oui, répondit il en l'aidant à s'installer dans sa berline.

Lorsque, une vingtaine de minutes plus tard, les deux véhicules s'arrêtèrent près d'un jet à l'allure racée, Odessa se tourna vers son compagnon, absorbé dans la lecture de la presse économique.

— Nous ne prenons pas l'hélicoptère pour Ismène ?

— Changement de plan.

— J'apprécierais d'en savoir plus, s'offusqua-t-elle, vexée

de ne pas avoir été prévenue. Je suis quoi à tes yeux ? Un bagage à main ?

Une fois de plus, il darda sur elle un regard indéchiffrable et se tut de longues secondes, comme si chaque fois il analysait ce qu'elle lui disait avant de répondre.

— Tu aimes Ismène ?

— Oui.

— Alors, rassure-toi, tu vas adorer l'endroit où nous allons.

Allongée dans son lit, Odessa fixait le lourd baldaquin de soie safran et les rideaux de mousseline blanche de rêve qui ornaient son magnifique grand lit en bois sculpté. Depuis une semaine qu'ils séjournaient à Zanzibar, ses nerfs et ses sens étaient mis à rude épreuve.

La villa d'Arès était somptueuse, posée en retrait d'une sublime plage de sable blanc bordée de palmiers. La vue sur l'étendue turquoise de l'océan Indien était époustouflante, le domaine paradisiaque, et le fait de savoir que quelques milliers de kilomètres la séparaient désormais de Vincenzo avait apaisé ses inquiétudes.

Pourtant, c'était comme si Arès la fuyait. Ses quartiers se situaient à l'autre bout de la villa. Lorsqu'ils passaient du temps ensemble, il était sombre. Il se montrait cependant toujours doux et prévenant, comme le soir de son agression, mais il ne la touchait pas, insistait sans cesse pour qu'elle se repose et s'enfermait souvent dans son bureau pour travailler – comme il venait de le faire après le déjeuner léger qu'ils avaient pris ensemble face à l'océan. Plus que jamais, il soufflait le chaud et le froid, ce qui la désarmait et la faisait douter même de ses propres sentiments.

Chaque fois qu'elle avait tenté d'aborder le sujet, Arès avait coupé court ou biaisé. Et à présent elle était à bout.

Déterminée, elle bondit hors du lit et traversa la villa. Au moment de frapper à la porte du bureau d'Arès, elle s'aperçut qu'elle avait les mains moites et le cœur battant.

— Entrez !

Il était assis derrière sa grande table d'architecte, des plans de construction et des dossiers éparpillés autour de lui.

— Odessa ? Je pensais que tu faisais la sieste.

Il se leva et vint à sa rencontre.

— Je ne peux pas dormir avec l'esprit aussi encombré.

À sa grande surprise, il lui prit la main, la conduisit vers un large fauteuil, s'y assit et l'installa sur ses genoux.

— Qu'est-ce qui l'encombre ? demanda-t-il gentiment.

Odessa était tellement déstabilisée qu'elle mit quelques secondes à reprendre ses esprits.

— M'aurais-tu abandonnée entre les mains de Vincenzo et Flávio si je n'avais pas accepté de porter ton bébé ?

Il se crispa sous elle, mais elle tint bon.

— Cela n'a plus d'importance, aujourd'hui.

— Mais ce n'est pas un non. Ni un oui. Aurais-tu vraiment laissé Vincenzo m'épouser de force ?

Les doigts d'Arès effleuraient distraitement sa peau nue. S'il percevait sa chair de poule, il n'en montrait rien, désespérément impassible.

— Non, je ne t'aurais pas abandonnée, admit-il après un long silence. Cette réponse te satisfait-elle ?

Un immense soulagement l'envahit, à tel point qu'elle faillit lâcher une exclamation de joie.

— Oui.

Il l'attira à lui jusqu'à ce qu'elle bascule contre son torse puissant, puis il enfonça les doigts dans sa chevelure.

— Ne va pas croire que cela te donne un avantage sur moi...

— Je n'oserais pas.

— Pourquoi ai-je l'impression que tu dis simplement ce que tu crois que j'ai envie d'entendre ?

Elle s'autorisa à sourire puisqu'il ne pouvait pas voir son visage.

— Parce que tu es très soupçonneux ? le taquina-t-elle, malicieuse.

Il l'écarta légèrement de lui et posa les yeux sur ses lèvres. Le regard rivé au sien, la bouche à quelques centimètres de la sienne, Odessa ne put retenir le léger gémissement qui montait du plus profond de son être. L'haleine mentholée d'Arès la rendait folle. Sa peau, son âme, son cœur attendaient un baiser ardent. Tendue d'impatience, Odessa ferma à demi les paupières.

Alors, Arès relâcha son étreinte et posa les bras sur les accoudoirs. Désorientée, humiliée, Odessa voulut se lever d'un bond, mais elle n'en eut pas la force.

— Tu ne veux plus de moi ? lança-t-elle, presque hargneuse.

Il aurait eu du mal à répondre par la négative : elle sentait son sexe tendu pressé contre la face externe de sa cuisse.

— Qu'est-ce qui te fait croire cela ?

— Tu veux dire : en dehors des emplacements respectifs de nos chambres ? ironisa-t-elle.

Il resta longtemps silencieux, la mâchoire serrée. Puis il expira bruyamment.

— Tu as été attaquée presque sous mon nez le jour où j'ai appris que tu portais mon enfant. Le jour où j'ai découvert que tu priais pour moi quand j'étais dans le coma. J'ai l'impression que cela change un peu les choses entre nous.

Le cœur d'Odessa s'emballa. Cela signifiait-il qu'il avait changé d'avis à son sujet ? Au sujet de ce mariage ?

— Qu'est-ce que cela change ? demanda-t-elle, pleine d'espoir.

— Déjà que je ne veux pas te faire part de mon… désir. À moins que tu ne le souhaites expressément.

— Tu veux dire que la balle de la chambre à coucher est dans mon camp ? hasarda-t-elle, à la fois touchée et déçue.

— Oui.

Ce n'était pas tout à fait ce qu'elle avait espéré, mais c'était un progrès. Une base sur laquelle elle pouvait s'appuyer. Et, alors qu'elle mourait d'envie de lui sauter dessus immédiatement, elle réussit à se lever, à rester stable sur ses jambes et à se diriger vers la porte, qu'elle referma derrière elle.

Dans le couloir, elle s'appuya au mur pour se ressaisir. Le désir pulsait entre ses cuisses, mais, plus encore, la chaleur s'insinuait au plus profond de son cœur. Or c'était sa tête qui devait reprendre les commandes, sa raison et non ses émotions ni ses sensations.

Et sa raison lui disait qu'ils avaient résolu un problème. Les autres pourraient l'être un par un, en temps voulu, après tout il restait plus de huit mois avant l'arrivée du bébé.

Forte de cette certitude, elle se dirigea vers la cuisine.

Une brise légère et salée mêlait ses effluves à ceux de la béchamel et de la viande qui mijotait. Concentrée sur l'exécution de sa recette, Odessa avait de la farine jusqu'aux coudes lorsque Arès entra et s'appuya sur le plan de travail en marbre.

— Qu'est-ce que tu fais ?

— Des lasagnes.

— Alors que j'ai un chef étoilé à demeure ?

— Il est français, il ne fait pas de lasagnes comme ma mère. Il a accepté de me prêter sa cuisine.

— Comme ta mère ? répéta-t-il d'une voix douce.

Elle acquiesça, tâchant de ne pas se laisser envahir par l'émotion.

— C'est l'un des rares souvenirs que j'ai de nous. Elle m'a transmis sa recette secrète, que j'ai bien l'intention de transmettre ensuite à mon fils ou à ma fille.

L'espace de quelques secondes, il parut touché, interdit, presque soufflé par cette perspective. Mais comme à son habitude il se reprit très vite, et ce fut d'un air impassible qu'il la regarda alterner les couches de pâte, de béchamel et de viande.

— Tu vas cuisiner régulièrement ? demanda-t-il une fois les lasagnes enfournées.

— Laisse-moi deviner : tu vas m'interdire de lever le petit doigt ?

Il haussa les épaules.

— Seulement de faire trop d'efforts.

— Je ne vais pas me prélasser en buvant des jus de fruits frais et en demandant des pédicures pendant les neuf prochains mois, alors oublie cette idée immédiatement !

Odessa fut récompensée par un franc sourire.

— Je m'attendais un peu à cette réaction. Mais j'ai une idée…

Elle cessa de laver les ustensiles qu'elle avait utilisés, intriguée. C'était une des premières fois qu'ils avaient une conversation qui n'était ni émaillée de récriminations relatives à leur passé commun ni chargée de tension sexuelle. C'était presque... *convivial.* À tel point qu'Odessa craignait que le moindre faux pas ne fasse voler cette atmosphère en éclats.

Il jeta un coup d'œil à la minuterie du four, puis tendit la main à Odessa.

— Nous avons le temps, viens !

Comme elle ne voulait pas perdre cette nouvelle légèreté entre eux, elle glissa la main dans la sienne, même si elle trouvait le geste un peu trop intime après une semaine sans se toucher.

Une fois dans son bureau, il l'amena devant une table placée sous la fenêtre, en face de son bureau, sur laquelle étaient posées des petites maquettes de bâtiments et d'immeubles. C'était impressionnant, mais moins que le fait de découvrir son carnet de croquis à côté des maquettes...

— Je me suis permis..., commença-t-il en suivant son regard.

— Pourquoi ? bredouilla-t-elle, ébranlée.

— Parce que je pourrais utiliser tes dessins, si tu es prête à partager ton talent.

— Que... quoi ?! s'exclama-t-elle. Tu es sérieux ?

Arès acquiesça d'un hochement de tête rapide.

— Ils sont trop beaux pour rester à prendre la poussière dans ce carnet.

Odessa tâcha de réprimer le bonheur et l'espoir qui l'envahissaient. Jusqu'à présent, sa vie n'avait été qu'une série de transactions et de chantages auxquels elle avait dû se soumettre pour s'éviter de subir le courroux paternel. Même l'accord conclu avec Arès, à sa propre demande pourtant, la liait pieds et poings. Cette proposition était-elle sincère, parce qu'il estimait vraiment son travail, ou recelait-elle un piège ?

— Tu réfléchis trop, dit-il tandis que le silence se prolongeait.

— D'accord, dis-moi ce que tu as en tête.

— La tour que je fais construire à Abu Dhabi sera achevée dans six mois. Les quarante derniers étages sont résidentiels, dont cinq *penthouses*. Mon équipe est en train d'auditionner des architectes d'intérieur. Je peux leur dire d'arrêter de chercher si tu es prête à accepter le travail et à travailler à partir d'ici.

Odessa crut que sa mâchoire allait se décrocher. Parlait-il sérieusement ?

Non, impossible.

Elle secoua la tête.

— Tu n'as pas besoin de me jeter un os à ronger juste parce que je porte ton enfant.

— Je ne suis pas arrivé là où je suis aujourd'hui en prenant des décisions fondées sur des caprices. Le job est à toi si tu le souhaites.

— Juste comme ça ?

— Juste comme ça.

Elle ravala le nœud qui se formait dans sa gorge. C'était simple, carré, concret, sans fioritures. Comme lui. Elle était paniquée par l'idée de ne pas être à la hauteur, mais c'était une chance inouïe d'entamer sa carrière dans un domaine qui la passionnait.

— Alors ? insista-t-il.

— Je... je... on peut toujours essayer, balbutia-t-elle.

Tandis qu'Arès dévorait sa deuxième part de lasagnes, Odessa l'observait en souriant, envahie par un bienfaisant sentiment de plénitude. Il lui était de plus difficile d'échapper à la confirmation que ses sentiments pour cet homme étaient loin d'être platoniques – l'avaient-ils jamais été ?...

L'offre qu'il venait de lui faire l'avait touchée plus qu'elle ne l'aurait cru. Pour la première fois de sa vie, elle éprouvait un véritable sentiment d'accomplissement. La carrière et la famille dont elle avait toujours rêvé se rapprochaient à grands pas.

Il restait encore le problème de la garde de leur futur enfant, mais chaque chose en son temps, songea-t-elle.

9

Six mois plus tard

Après quelques semaines de nausées matinales, la grossesse d'Odessa se déroulait sans encombre depuis.

Il n'en allait pas de même pour sa relation avec Arès. L'ambiance entre eux s'était refroidie jusqu'à la politesse tiède, avec de temps en temps un accès de sexe sauvage lorsque son désir la poussait dans la chambre de son mari. Alors, ils assouvissaient leur appétit avec une ferveur farouche qui contredisait leurs interactions diurnes et démantelait les barricades émotionnelles qu'elle avait eu tant de mal à ériger.

Car Arès était resté inflexible à propos de leur accord et l'avait froidement repoussée la poignée de fois où elle avait tenté d'aborder le sujet. Heureusement, elle avait de quoi s'occuper l'esprit au quotidien : elle travaillait d'arrache-pied, en lien avec les architectes d'Arès, à la décoration d'intérieur des appartements de sa tour d'Abu Dhabi.

Sergios avait détendu l'atmosphère en les rejoignant sur l'île. Néanmoins, elle se doutait bien qu'il n'était pas dupe, que son regard perspicace analysait parfaitement la situation.

De plus en plus angoissée par ce qu'il adviendrait de leur enfant lorsque leur accord se terminerait, dans l'impossibilité d'en parler avec Arès, Odessa avait fini par consulter un avocat athénien, en visioconférence et en cachette. Celui-ci l'avait rassurée sur le bien-fondé de la possibilité d'obtenir la garde partagée de ses enfants, le cas échéant. Toutefois, elle espérait du fond du cœur ne jamais avoir à en arriver là.

Le matin même, elle avait pris rendez-vous avec Me Georgiou. Elle le verrait à son cabinet d'ici quelques semaines : comme Arès avait inscrit dans leur accord que son enfant devait naître en Grèce, nul doute qu'ils s'installeraient à Athènes sous peu.

En attendant, c'était une autre sorte de rendez-vous qui l'attendait dans une des spacieuses chambres d'amis : la dernière échographie avant l'arrivée du bébé. Allongée sur la table d'examen, elle caressait son ventre rond, cherchant du réconfort auprès de son bébé. Cela lui arrivait de plus en plus souvent ces derniers mois, depuis que sa silhouette avait changé et que la réalité de sa future maternité s'imposait, irréfutable.

Arès entra en compagnie de la praticienne.

— Êtes-vous prête ? demanda celle-ci en souriant. Aujourd'hui, nous aurons peut-être la chance de découvrir enfin le sexe de ce bébé !

Arès s'installa à côté d'elle, comme il l'avait fait les deux fois précédentes. Dès que les battements du petit cœur retentirent et que l'image 3D apparut, il glissa les doigts entre les siens. Cette première lui coupa le souffle.

— Je suis heureuse de vous annoncer que votre petit garçon a l'air en parfaite santé, annonça la médecin.

Arès inspira bruyamment. Son regard fiévreux était rivé à l'écran. Puis il se posa sur elle. Alors, son mari se pencha vers elle et lui déposa un baiser sur la tempe.

— Il est magnifique. Comme toi, murmura-t-il.

Odessa lui serra la main avec force. Elle aurait voulu prononcer les mots qui la rongeaient depuis si longtemps et qu'elle était terrifiée à l'idée de dire. Elle n'y parvenait pas, et c'était douloureux. On toqua à la porte. L'arrivée de Sergios la détourna de cette urgence.

— J'ai hâte d'apprendre à mon petit-fils une ou deux choses sur les moteurs à explosion, déclara-t-il avec un clin d'œil rigolard, avant de se faire soudain sérieux : Et aussi de lui donner quelques leçons de vie sur la nécessité de ne pas répéter ses erreurs, si vous voyez ce que je veux dire…

Son regard se planta dans celui de son fils, puis passa sur elle. Il n'avait jamais été aussi acéré, au point qu'Odessa eut presque honte.

Mais peut-être que le sage et bienveillant Sergios avait raison, après tout, et qu'Arès et elle se comportaient comme deux gamins – deux imbéciles ?…

Deux heures après l'échographie, n'y tenant plus, Odessa se mit en quête d'Arès. Elle devait avoir une discussion avec lui. Elle n'avait aucun plan de bataille, n'avait préparé aucun discours, mais elle devait lui parler avant de devenir folle.

Elle le trouva dans sa chambre de maître, devant une valise ouverte posée sur son lit.

— Tu pars ? demanda-t-elle, déconcertée.

Elle détestait le tremblement de sa voix, mais elle détestait encore plus qu'il ne l'ait pas prévenue.

— Oui. Je serai de retour dans quelques jours.

— Et moi, combien de temps encore dois-je rester à Zanzibar ?

Il déposa une chemise dans sa valise.

— Jusqu'à ce que ta sécurité soit garantie.

— Et d'ici là, quoi ? Nous allons continuer à jouer à ce petit jeu du chaud et du froid ; enfin, du froid surtout...

Elle eut presque envie de rire devant son air ahuri. Jouait-il la comédie ou ne ressentait-il vraiment pas le fossé qui se creusait entre eux ? Si c'était la seconde hypothèse, cela signifiait qu'elle ne comptait pas autant pour lui que son cœur l'aurait souhaité.

— De quoi parles-tu ?

Dio ! Comme elle en avait marre de son attitude flegmatique ! Et elle était également dégoûtée que cette conversation doive avoir lieu.

— Tu parviens à peine à me regarder en face ! s'écria-t-elle. Quand j'entre dans une pièce, tu la quittes au bout de quelques minutes ! Je suis désolée de te le dire, et tu peux trouver cela insultant, mais tu as les mêmes traits de caractère que mon père, Arès.

Il devint livide et ses yeux s'écarquillèrent, comme si l'affront était violent.

— Odessa...

— Non ! le coupa-t-elle. Je ne veux plus vivre comme ça. Dis-moi ce que j'ai fait pour mériter cela ou je m'en vais, même si je dois nager des centaines de kilomètres pour atteindre le continent.

— Pour mériter quoi ? répliqua-t-il. Je te traite mal ? Tu es malheureuse ici ? C'est à toi de me dire où est le problème. Parce que moi je ne le vois pas.

— Aie confiance en moi.

« En nous », faillit-elle ajouter, mais elle se retint. Sa main se posa sur son ventre, ce qui lui rappela ce pour quoi elle se battait.

— Pour que l'histoire ne se répète pas, reprit-elle.

Ses prunelles s'embrasèrent. Pendant un instant, elle fut sûre qu'il allait dire quelque chose. Mais il se détourna et, à grands gestes nerveux, il continua à remplir sa valise.

— Je dois me rendre à Abu Dhabi pour régler les derniers détails de la tour. Et je dois ensuite aller à Athènes pour le procès de Bartorelli. Comme tu le sais, il a plaidé coupable, donc tu n'as pas besoin d'y assister. Une fois qu'il sera derrière les barreaux, nous pourrons discuter de ton retour à la maison.

— Tu parles comme si j'avais besoin de ta permission pour voyager.

— C'est le cas, Odessa. Relis le contrat que tu as signé.

Soudain, sa combativité l'abandonna et un grand froid l'envahit, lui gelant le cœur.

— Pourquoi te comportes-tu ainsi, Arès ? Je n'ai rien fait de mal.

— Ah bon ? Faut-il que je te rafraîchisse la mémoire ? répliqua-t-il, cinglant.

— Bon sang ! s'énerva-t-elle, reprenant du poil de la bête. J'ai embrassé un autre garçon quand j'avais dix-huit ans, et j'ai dit à mon père des choses à ton sujet que je ne pensais pas. Vas-tu me punir pour cela jusqu'à la fin de mes jours ?

— Non. Mais… tu m'as fait aspirer à des choses qui étaient hors de portée.

Les bras lui en tombèrent.

— Quelles choses ?

— Cela n'a plus d'importance maintenant, lâcha-t-il avec un vague geste de la main.

— Bien sûr que si ! Tu me juges pour une faute que j'ignore avoir commise ! J'ai au moins le droit de savoir, non ?

Son regard se posa sur la photo de l'échographie, qui risquait d'être écrasée entre ses doigts. Lorsqu'il la fixa à nouveau dans les yeux, l'éclair de morosité qu'elle perçut lui coupa le souffle.

— Très bien. Tu m'as laissé *espérer*. Jusqu'à ce que je te voie dans les bras d'un autre homme, j'ai cru que les serments que nous avions échangés signifiaient quelque chose.

— C'était le cas.

Il plissa les yeux. Son regard l'épinglait, la jugeait, l'hypnotisait. Elle était incapable de bouger.

— Dis-moi, *matia mou*, qu'aurais-tu ressenti si les positions avaient été inversées ? Si tu avais vu mes lèvres embrasser les lèvres d'une autre femme ? Si ses mains m'avaient touché comme tu voulais me toucher ? Aurais-tu considéré qu'il s'agissait d'une simple *erreur* ?

Cela l'aurait tuée. Elle ne savait pas si elle lui aurait pardonné. Et pourtant...

— J'aime à penser que je ne t'aurais pas condamné pour le reste de ta vie, murmura-t-elle.

— Ah, mais je suis grec, *agapita*. Les feux de la vengeance brûlent plus fort en moi. Mais assez parlé du passé ! Quels que soient les différends entre nous, tu es le vaisseau qui porte mon enfant. Je dois donc veiller à ta santé et à ta sécurité.

C'était aussi clair et définitif que possible : Arès ne la verrait jamais autrement que comme une matrice.

— Est-ce que tu t'entends parler ? Qui parle de la mère de son enfant comme d'un « vaisseau » ? Tu sais ce que je pense ? Tu ne me détestes pas parce que j'ai embrassé un autre garçon. Je pense que tu as seulement peur de ce que tu désires au fond de toi. Tu as peur de souffrir. Cela te regarde, mais tu n'as pas besoin d'être cruel avec moi pour y parvenir, si ?

Elle eut l'impression qu'elle venait de le frapper avec une batte de base-ball. Il la dévisageait, l'air hagard, les yeux écarquillés, la bouche ouverte. Après quelques secondes, il secoua la tête.

— Je n'avais pas l'intention de...

— Si, mais le plus triste c'est que tu ne réalises même pas à quel point tu es blessant. Ni que tu n'as pas besoin de ce mur stupide que tu as érigé autour de toi. Pourquoi ne pas nous rendre service à tous les deux ? Si tu n'es pas capable d'être l'homme gentil et attentionné qui, je le sais, vit quelque part en toi, peut-être ne devrais-tu pas revenir du tout.

Ces mots lui déchirèrent l'âme lorsqu'elle les prononça, et l'angoisse qu'il la prenne au mot la paralysait d'effroi.

Pour la première fois, Arès restait sans voix.

C'était une sensation atroce, mais un mal pour un bien, car il était temps pour elle de protéger son cœur. Parce que des mois, des années de cette situation seraient insoutenables.

Elle recula d'un pas. Puis d'un autre. Arès fit un drôle de mouvement saccadé dans sa direction et s'arrêta, comme pris dans le filet de ses émotions.

Elle fit un troisième pas en arrière vers la porte, le suppliant silencieusement de ne pas la laisser partir, mais sachant qu'il n'allait pas l'en empêcher.

Et en effet il resta immobile jusqu'à ce qu'elle referme la porte derrière elle.

— Je sais que je suis vieux, Odessa, mais ce n'est pas la peine de jouer n'importe comment pour me laisser gagner ! s'exclama Sergios d'un ton amusé.

Odessa regarda l'échiquier et s'aperçut qu'elle était sur le point d'être échec en trois coups...

— Oh ! je suis désolée...

Depuis une semaine qu'Arès était à Abu Dhabi, elle n'avait pas abordé avec Sergios le sujet de l'absence de son fils, mais elle savait qu'il n'en était pas ravi.

De son côté, elle essayait de faire son deuil de ses sentiments pour lui. Ce n'était pas facile. Il avait été son premier amour, elle avait espéré passer sa vie avec lui, et même pendant les dix années où elle avait été loin de lui l'espoir avait continué à couver dans son cœur. Or elle devait désormais blinder celui-ci, pour le bien de son enfant.

— Ne sois pas désolée, *mikros.* Agis !

Elle tendit la main vers son fou, sans vraiment savoir quel déplacement elle projetait pour sa pièce d'ivoire.

— Non, pas comme ça, lança-t-il en riant.

— Je... Je ne comprends pas.

— Tu sais, reprit-il, soudain grave, la voix tremblante, si j'avais agi plus tôt au lieu de m'entêter, à l'époque où tout s'écroulait dans ma vie, peut-être que les choses se seraient passées différemment pour ma famille.

Elle lui couvrit la main de la sienne, une boule dans la gorge. Elle aimait déjà son bébé à venir plus que tout, elle ne pouvait imaginer les souffrances qu'il avait endurées en perdant sa fille.

— Sergios, je suis...

— Chuuuut..., souffla-t-il, bienveillant. Mon petit-fils mérite de grandir dans le foyer le plus heureux que vous puissiez lui offrir. Et je ne parle pas de celui que tu envisages, séparée de ma tête de mule de fils. Je ne suis pas aveugle : vous faites tous les deux semblant que tout va bien pour m'épargner. Utilisez plutôt cette énergie pour réparer les choses avant qu'elles ne soient irrémédiablement brisées. À moins que tu n'en aies pas envie…

Elle comprit qu'il lui lançait un défi et sourit. Sergios Zanelis était vraiment un fin stratège, et pas seulement aux échecs…

Le lendemain matin, Odessa avait changé ses plans. Grâce à l'étincelle fournie par Sergios. Arès avait avoué que grâce à elle il avait espéré. Et si cet espoir pouvait être rallumé ? Et si elle avait le pouvoir de les rendre tous les deux heureux au-delà de leurs rêves de jeunesse les plus fous ?

Elle ne se battait pas seulement pour ses enfants, elle se battrait aussi pour son mari. *Pour notre famille,* songea-t-elle, un peu terrifiée d'oser accoler ce mot à sa relation chaotique avec Arès.

Galvanisée par cette décision, elle gagna le bureau qu'Arès lui avait arrangé dans une des nombreuses chambres d'amis de la villa. Elle alluma son ordinateur et se prépara à la vidéoconférence prévue plus tard dans la matinée avec l'équipe d'Arès. Elle téléchargea le dossier mis à jour que l'assistant de l'architecte en chef lui avait envoyé à l'aube, puis elle s'installa confortablement dans son fauteuil préféré, face à la mer, pour l'étudier.

— Que… quoi ?! s'exclama-t-elle en sursautant.

Elle se frotta les yeux. Avait-elle bien lu ? Si oui, était-ce une erreur de saisie sur la page de garde ?

Tour Odessa

Design et décoration intérieure des *penthouses.*

Non, impossible !

Elle scrolla fiévreusement et dut très vite se rendre à

l'évidence : partout dans le document était fait mention de la tour Odessa… Arès avait donné son nom à son plus ambitieux projet ? Si c'était une plaisanterie, elle était vraiment trop cruelle. Mais, si ce n'en était pas une, qu'est-ce que cela signifiait ?…

Elle respira profondément plusieurs fois d'affilée afin d'absorber la nouvelle et ses possibles significations, afin aussi de ne pas désactiver trop vite les protections qui entouraient son cœur. Peut-être exagérait-elle l'importance de tout cela. Mais si ce n'était pas le cas… Si Arès avait ne serait-ce qu'une once de sentiment pour elle au-delà de son rôle de *vaisseau*…

Avant de changer d'avis, elle attrapa son téléphone. Arès décrocha aussitôt.

— Odessa. Tout va bien ?

— Tu as donné mon nom à ta nouvelle tour ?

Même à des milliers de kilomètres de distance, elle sentit qu'il était sur la défensive.

— En effet…

— Pourquoi ?

Elle l'entendit soupirer. Son cœur impatient battait n'importe comment dans sa poitrine. *Dio !* qu'attendait-il pour répondre ? Cherchait-il à la rendre folle ?

— Si tu veux savoir, c'est le premier nom qui m'est venu à l'esprit, marmonna-t-il finalement d'un ton bourru. Et ensuite plus aucun nom ne faisait sens.

Odessa sourit. L'exaltation faisait bouillonner le sang dans ses veines. L'étau qui enserrait sa poitrine se desserrait.

— Je vois…

Il se racla la gorge.

— Mais…

— ... cela ne change rien, compléta-t-elle avant lui. Je m'en doute.

— C'est tout ? lança-t-il, toujours aussi bougon. J'ai un après-midi chargé.

— C'est tout. À bientôt, conclut-elle joyeusement.

Elle raccrocha avant qu'il ne puisse l'interroger sur sa soudaine gaieté, puis partit à la recherche de Sergios.

Elle le trouva près de la piscine, en train de discuter avec le jardinier.

— Je pars, Sergios.

— Où vas-tu ?

— Il paraît qu'Abu Dhabi est magnifique à cette époque de l'année.

Un sourire éclatant illumina le visage du vieil homme. Il lui prit les mains et les serra avec chaleur dans les siennes.

— Bonne idée, *mikros.* Très bonne idée.

10

« À bientôt ! »

Depuis leur échange téléphonique, la veille, la voix enjouée d'Odessa résonnait continuellement dans sa tête – pendant ses rendez-vous et les réunions qu'il présidait, dans son lit, sous la douche...

Pourquoi avait-elle semblé si joyeuse, alors même qu'il ne lui avait donné aucune raison de l'être ? Au contraire, il était d'humeur de plus en plus sombre, voire massacrante, avec ses équipes tandis qu'ils planchaient sur la grandiose soirée qui marquerait, d'ici à quelques semaines, l'inauguration de la tour Odessa.

Odessa...

Elle lui avait demandé pourquoi il avait donné son nom à la tour. Il avait été incapable de répondre, sans doute parce qu'il l'ignorait. *Ou parce que tu ne veux pas te l'avouer,* songea-t-il tandis que la limousine qui le ramenait à son palace glissait avec fluidité dans la circulation dense de la capitale des Émirats arabes unis.

Chaque jour passé loin d'elle le rendait un peu plus douloureusement conscient qu'il avait pris un mauvais virage quelque part au cours de leur histoire. Qu'il s'était accroché trop longtemps à des blessures intimes dont elle n'était pas responsable. Les soins et l'affection qu'elle avait prodigués à son père ces derniers mois lui avaient ouvert les yeux. Et lorsqu'ils avaient eu ce terrible accident elle avait pensé à eux, prié pour lui.

Lui avait-il causé des blessures irréparables ? Il le craignait. Et dans ce cas la méritait-il ?

Ces interrogations le secouaient jusqu'au plus profond de lui-même, le paniquaient. Était-il condamné à la laisser lui glisser entre les doigts, comme dix ans auparavant ?

Qu'il se pose la question ne signifiait-il pas qu'il voulait éviter de la perdre ? Il se rendait compte que tout ce qu'il faisait était influencé par elle d'une manière ou d'une autre. Jusqu'à baptiser sa plus belle réussite d'après elle...

Il était temps d'arrêter de se mentir, de faire semblant de croire qu'elle n'était pas importante pour lui, que tout ce qu'il attendait d'elle était l'enfant qu'elle portait. Quand il pensait à elle non comme à un *vaisseau* (bon sang ! quel idiot il avait été d'employer ce mot !), mais comme à la femme avec laquelle il avait un jour imaginé faire sa vie, une douce chaleur s'installait au creux de sa poitrine.

Sa femme...

C'était émouvant.

Évident.

Juste.

« Aie confiance en moi », lui avait-elle demandé.

Oui, il était temps de lui faire confiance.

S'il retournait dès le lendemain à Ismène pour retrouver Odessa, il pouvait encore réparer les choses, n'est-ce pas ?

Car s'il échouait...

La robe en mousseline couleur pêche foncé et aux passepoils argentés ne contribuait guère à dissimuler sa grossesse, mais Odessa n'en avait cure. Elle n'aimait rien tant que passer la main sur le doux tissu qui recouvrait son ventre gonflé, radieuse lorsqu'elle sentait un mouvement sous sa paume. La coupe Empire mettait en valeur sa poitrine, soulignée par une bande de tissu. La robe s'évasait ensuite jusqu'à ses chevilles en un drapé élégant.

Elle avait relevé ses cheveux en un chignon lâche et avait opté pour un maquillage léger pour ne pas dénaturer son bronzage. Elle se regarda une nouvelle fois dans la grande psyché de la suite. Elle était prête.

Nerveuse, tendue, mais prête.

Prête à demander à Arès de leur donner une chance. Prête à essayer de le convaincre. Et s'il refusait elle n'aurait d'autre choix que de revenir à son plan initial : rencontrer son avocat à Athènes et se battre pour ses enfants.

Dio mio, *faites qu'il ne refuse pas...*

Arès avait prévenu le pilote de son jet de se tenir prêt à décoller. À peine refermée derrière lui la porte de sa suite, il traversa le grand salon au pas de course et s'engouffra dans sa chambre.

Thee mou !

Il s'immobilisa, frappé par une apparition. Une déesse.

Odessa !

Elle était sexy à un point qui continuait à le déconcerter. À un point qui le laissait sans voix. Sa robe sublimait ses courbes et sa peau bronzée, des boucles d'oreilles en argent attiraient le regard sur la longue et gracieuse ligne de son cou. Il aurait dû lui demander ce qu'elle faisait là, lui parler de sa résolution de sauver leur mariage, mais il n'était plus que désir brut, et la tension presque insoutenable de son érection lui rappelait les nuits torrides qu'ils avaient partagées à Ismène, quand elle s'introduisait dans sa chambre. Ils n'avaient pas fait l'amour depuis qu'elle avait prononcé ces mots qui l'avaient ébranlé jusqu'à l'âme : « Aie confiance en moi. » Il avait mérité chaque seconde de cette frustration, de cette souffrance.

Elle ne disait rien non plus, à tel point qu'il se demanda s'il ne rêvait pas. Il comprit que non en voyant un sourire étirer ses lèvres pulpeuses. L'espace d'un instant, il revit la jeune femme qui bafouait l'autorité de son père et ne craignait pas de se salir en lavant les voitures avec son père et lui. La jeune femme qu'il avait placée sur un piédestal, sur lequel il mourait d'envie de la remettre.

Leurs regards s'arrimèrent l'un à l'autre. Arès commença à avancer vers elle, lentement, avec vénération, comme on avance vers une déesse. Il s'arrêta à une vingtaine de centimètres d'elle et s'agenouilla, sous son regard mi-surpris, mi-amusé. Il lui saisit la cheville et lui ôta son escarpin. Il entreprit alors de lui masser le mollet. Le gémissement rauque qui s'échappa de la gorge d'Odessa sonna comme la plus belle des récompenses. Ensuite, il ôta son autre escarpin et massa son autre mollet, avec la même ferveur.

Maintenant qu'il s'était donné la permission d'envisager leur avenir, Arès avait l'impression que son cœur autrefois brisé par la perte et le rejet pouvait être réparé par une émotion plus grande et plus profonde.

Une émotion qui ressemblerait à l'amour.

Ce sentiment qui avait ébranlé son âme, qu'il avait rejeté, ne s'était jamais complètement dissipé, même s'il avait essayé de se convaincre que cette femme n'en valait pas la peine, que sa présence lui rappelait trop d'anciennes douleurs. Mais à présent qu'elle soupirait d'aise sous ses caresses la honte le tenaillait pour l'avoir condamnée si brutalement, pour l'avoir jugée à l'aune de l'attitude cruelle de sa propre mère.

— Oh ! mon Dieu, c'est si bon..., murmura-t-elle, brisant le silence tacite qui régnait depuis leurs retrouvailles.

Ces paroles envoyèrent une puissante décharge électrique dans tout son corps et embrasèrent encore un peu plus sa libido. Il se laissa envahir par cette sensation sublime, puis il se releva et, passant derrière elle, il abaissa la fermeture Éclair de sa robe, qu'il fit tomber à ses pieds comme une corolle. Elle ne portait pas de soutien-gorge. Sa poitrine alourdie par la grossesse était sublime, avec ses pointes durcies, tendues vers lui comme un appel à la luxure. Il la caressa délicatement, avant de lécher puis aspirer ses tétons l'un après l'autre. Odessa avait fermé les yeux, le buste cambré, déesse dont il acceptait pleinement désormais qu'elle régente son univers. Parce qu'il réalisait que tout ce qu'il était, tout ce qu'il avait accompli, était vide de sens sans elle.

Il s'agenouilla devant elle comme on se prosterne et fit descendre sa culotte en soie. Puis, les mains agrippées à ses fesses rondes et fermes, Arès, de la bouche et de la langue, entreprit de rendre hommage à son Aphrodite.

Lorsque, dans un long cri rauque, elle jouit contre ses lèvres, ce fut comme s'il poussait les portes du paradis.

Il se mit debout et porta sa déesse alanguie sur le lit, où il l'allongea. Ses yeux argentés brillaient d'un bonheur presque palpable. Cela lui coupa le souffle. Il se débarrassa de ses vêtements et prit ses lèvres dans un baiser fougueux.

Lorsqu'elle empoigna son sexe tendu comme jamais, il ne put retenir un grondement sauvage, primitif.

Un nouveau départ, songea-t-il, pris d'un délicieux vertige. Et dès que leurs corps auraient assouvi leur besoin de se retrouver et de fusionner il ferait en sorte que cette félicité dure pour toujours.

Odessa se prélassait dans la grande baignoire de la salle de bains attenante à sa chambre, heureuse comme elle ne l'avait jamais été. Elle repensait à la nuit merveilleuse passée la veille entre les bras d'Arès. Elle aurait été incapable de dénombrer les orgasmes qui l'avaient secouée, tous plus intenses les uns que les autres. Après quelques heures de sommeil, ils étaient montés dans le jet d'Arès. Elle s'était aussitôt installée dans la chambre située à l'arrière de l'appareil et avait dormi durant tout le vol jusqu'à Athènes.

Arès et elle n'avaient pas encore évoqué le virage que venait de prendre leur relation. Elle lui avait proposé qu'ils se retrouvent pour en parler après s'être rafraîchis et changés chacun de son côté. Elle n'avait pas besoin de préparer un long discours ou de réfléchir à des arguments, car sa position était simple : elle voulait rester mariée sans les chaînes de leur contrat.

Lorsqu'elle descendit, Odessa vit Sergios à l'autre bout du hall. Il la fixa avec une expression de douleur et de déception qui l'alarma et l'intrigua. Seulement une heure auparavant, il avait semblé si content de la revoir, démonstratif et chaleureux : que se passait-il ?

Elle allait le lui demander, mais il s'éclipsa, au moment même où arrivait Arès. Il était visiblement tendu, mâchoires serrées, air sombre, regard noir. La panique lui monta à la gorge.

— Qui est Me Georgiou ? demanda-t-il entre ses dents serrées, glacial.

Oh ! *Dio mio...*

Elle eut l'impression que le sol s'ouvrait sous ses pieds. Comment Arès connaissait-il le nom de son avocat ?

— Réponds, Odessa !

Elle en était incapable, paralysée. La tête lui tournait.

— Très bien, je vais le faire à ta place. Tu as oublié ton téléphone dans le jet. On vient de le rapporter, annonça-t-il en brandissant l'appareil devant lui comme un policier exhibant l'arme du crime. Au moment où j'allais te le monter, tu as reçu un appel. De Me Georgiou. Ton avocat. Depuis plusieurs semaines, semble-t-il. Quand tu voulais que nous parlions du « virage pris par notre relation », tu comptais me parler de lui ?

Elle secoua énergiquement la tête.

— Non ! s'écria-t-elle. Arès, ce n'est pas du tout ce que...

Il la fit taire d'un geste impérieux de la main.

— Pas ici, ordonna-t-il, tranchant. Dans mon bureau. Suis-moi.

11

Lorsque Odessa entra dans le bureau d'Arès, celui-ci, qui ne l'avait pas attendue, faisait les cent pas devant la cheminée.

— Tu as consulté un avocat, attaqua-t-il.

Il émanait de lui une intense fureur rentrée, mais aussi une douleur sous-jacente qui fit saigner le cœur d'Odessa.

— J'aimerais te demander comment tu as pu me faire ça, mais ce que je me demande, en fait, c'est comment j'ai pu croire que tu avais changé.

— Ne t'avise pas de jouer à ce petit jeu avec moi, répliqua-t-elle, offensive. Tu sais au fond de toi que tu peux avoir confiance en...

— Je viens d'avoir la preuve du contraire ! la coupa-t-il, véhément.

— J'ai consulté un avocat pour discuter de mes options : la belle affaire ! Ne me condamne pas là-dessus alors que tu aurais fait la même chose à ma place.

Elle secoua la tête, soudain consciente que l'affrontement n'était pas la bonne stratégie. Ce fut donc d'un ton radouci qu'elle reprit :

— Je te promets que je n'allais pas donner suite. J'avais changé d'avis sur la façon dont je devais aborder la question.

— Facile à dire, maintenant que tu as été prise la main dans le sac !

Odessa l'observa. Il paraissait habité d'une détermination à toute épreuve, les poings serrés, sa grande silhouette tendue à en faire craquer les coutures de sa veste. Il était clair qu'il n'avait pas l'intention de céder un pouce de terrain.

Le désespoir l'accabla. Elle baissa la tête.

— Juste au moment où je pense que nous avançons, tu brises tous mes espoirs.

— Tu as du culot de parler d'espoir !

— Figure-toi que j'ai continué à m'accrocher au mien quand tu me disais que je n'étais pas assez bien pour rester dans la vie de mon enfant. Je me suis battue. Tu attendais de moi que je me contente de ce que tu daignais me donner ?

— Si tu étais si déterminée à me prouver que j'avais tort et à rester dans ce mariage au-delà de notre accord initial, pourquoi as-tu eu besoin d'un avocat ?

Odessa poussa un soupir et leva les yeux au ciel. Il était inutile d'essayer de convaincre Arès, qui avait décidé de lui donner le mauvais rôle, et que rien ne ferait changer d'avis. Elle devait se résoudre à la fin de son mariage – un mariage qui avait commencé sur des bases instables et qui n'avait fait qu'empirer.

Il faudrait en faire le deuil, et ce serait douloureux, car même dans ce mariage bancal elle avait été plus heureuse qu'elle ne l'avait jamais été. Mais ce serait pour plus tard. Pour l'instant, elle refusait de se laisser intimider.

— Je ne te supplierai pas de me croire. Mais je ne resterai pas dans cette maison pour y être diabolisée, accusée d'un crime que je n'ai pas commis.

— Et où vas-tu ?

Elle haussa les épaules et ravala un sanglot.

— Je n'ai pas tes millions, mais j'ai quand même de quoi me payer l'hôtel pour une semaine ou deux. Tout ce que je sais, c'est que n'importe quel endroit où tu n'es pas me suffit pour l'instant.

Odessa n'était que douleur et souffrance. Elle devait partir tout de suite, avant de s'effondrer, et trouver un endroit où panser ses plaies.

— Odessa...

— Nous n'avons plus rien à nous dire, Arès.

Elle lui tourna le dos et se dirigea vers la porte. Ses doigts se crispèrent sur la poignée. L'envie de regarder en arrière, de se gaver de son image une fois de plus, était irrésistible. De justesse, elle réussit à réprimer la tentation.

Elle referma la porte derrière elle, laissant dans ce bureau la moitié de son cœur brisé. Dans le couloir, la réalité la rattrapa. Elle s'éloignait d'Arès. De son mariage. Elle avait envie de hurler. Elle s'appuya contre le mur, le souffle court, les jambes flageolantes.

Elle serait sûrement tombée si des mains fermes ne l'avaient pas retenue.

Sergios la dévisageait avec une tendresse qui lui fit chaud au cœur. Il lui était difficile de regarder son beau-père dans les yeux, mais elle lui fit face, sachant qu'elle n'avait rien fait de mal.

— Je n'ai jamais... Je n'ai pas...

Sa voix s'éteignit et les larmes lui montèrent aux yeux.

— Je sais, *mikros*, dit-il, bienveillant. N'abandonne pas.

— Je ne parviens pas à l'atteindre. Il met trop de barrières. De distance.

Sergios la conduisit jusqu'à un fauteuil situé dans l'une des alcôves qui jalonnaient le couloir et l'aida à s'asseoir.

— Si vous avez été réunis une seconde fois ce n'est pas par hasard. Courage. Je crois en toi. En vous.

Il lui pressa les mains et, après un dernier sourire, il s'éloigna. Il lui avait confié une mission. Une mission impossible. Elle leva le visage vers le soleil dont les rayons filtraient à travers les fenêtres du couloir. Elle le détestait de briller si fort alors que son monde s'était effondré dans l'obscurité.

Elle avait fermé les yeux et priait pour trouver de la force lorsqu'elle entendit la porte du bureau s'ouvrir et se refermer. Des pas s'approchèrent dans le couloir. Elle prit une grande inspiration. Elle pressa ses paumes l'une contre l'autre pour empêcher ses mains de trembler.

Pour le meilleur ou pour le pire, ils devaient régler cette affaire une fois pour toutes.

Lorsque les pas s'arrêtèrent, elle ouvrit les yeux. Arès la fixait, l'air hagard, affligé, presque... implorant.

— Odessa...

Elle leva la main avant de perdre son courage.

— Je ne le dirai qu'une fois, Arès. Ensuite, j'en aurai fini. J'ai compris que tu ne voulais pas de mon amour. Mais es-tu égoïste au point d'en priver aussi mes enfants ? Que leur diras-tu quand ils te demanderont pourquoi je ne suis là qu'à temps partiel ? Parce que, oui, je me battrai pour que tu n'obtiennes jamais la garde complète. Pourras-tu les regarder dans les yeux et leur dire que c'est parce que je ne veux pas être avec eux ? Ou bien admettras-tu que tu étais tellement terrifié à l'idée d'ouvrir ton cœur que tu les as contraints à fermer le leur ?

— Tu crois que je ne veux pas de ton amour ? demanda-t-il d'une voix brisée.

— Oui, j'en suis certaine. Tu me repousses depuis que tu t'es présenté sur la tombe de mon père, à Alghero. Tu as utilisé une excuse après l'autre pour me tenir à distance. Dès que tu as pu, tu as quitté Zanzibar, me laissant te courir après. Mais ce n'est pas un jeu, c'est de ma vie qu'il s'agit. Cela ne signifie sans doute pas grand-chose pour toi, mais...

— Non ! s'exclama-t-il. Tu n'as pas le droit de penser une seule seconde que ta vie ne signifie rien pour moi. Pas quand tu habites mon esprit et me hantes depuis la minute où j'ai posé les yeux sur toi. Je ne peux pas prendre une décision sans me demander ce que tu vas en penser. Je ne peux pas acheter une propriété sans me demander si elle te plairait, comment tu l'aménagerais si nous étions ensemble. Durant les mois qui ont suivi mon départ d'Alghero, j'ai à peine dormi tellement je pensais à toi. Tu vis en moi. Tu fais partie du sang qui coule dans mes veines. J'ai du mal à respirer loin de toi. Et tu crois que je ne t'aime pas ?

— *Stronzo !* Je ne suis pas médium ! Je ne peux pas lire dans tes pensées. Tes paroles et tes actes ne dessinaient pas le portrait d'un amoureux transi, si ?

Il écarquilla les yeux, l'air ahuri.

— Tu viens de me traiter de... de trou du cul ?

Elle se leva pour lui faire face.

— Oui ! Parce que tu le mérites. Comment aurais-je pu savoir que tu m'aimais quand tu as menacé de me priver d'une des choses dont nous avions tant rêvé : fonder une famille ensemble ?

L'angoisse et la honte creusèrent ses traits.

— C'était une réaction instinctive aux coups que j'ai reçus

dans le passé. J'ai pensé que je devais sauvegarder mon cœur, qui t'appartenait déjà. Lorsque tu as voulu dénoncer notre accord, je m'en suis réjoui, car cela signifiait que tu resterais et que tu te battrais longtemps après la naissance des enfants. Donc que je t'aurais à mes côtés d'une manière ou d'une autre.

— Laisse-moi comprendre… Tu étais prêt à m'arracher le cœur de la poitrine juste pour tester ma loyauté et me garder près de toi ?

Il la fixa avec une intensité saisissante pendant plusieurs secondes, puis il pivota et se dirigea vers son bureau. Odessa le suivit, curieuse. Lorsqu'elle parvint sur le seuil, il farfouillait dans un tiroir. Il en tira une liasse de papiers imprimés. Il vint vers elle à grands pas et la lui tendit. Elle la prit, sans toutefois détacher le regard du visage d'Arès.

— Qu'est-ce que c'est ?

— Un document qui modifie les termes de notre accord.

— Dans quel sens ?

— Il n'y a plus de limite de temps à notre mariage. Tu peux partir maintenant… ou jamais.

Il poussa un soupir tremblant. Odessa était frappée par sa vulnérabilité, qu'il ne faisait pas l'effort de masquer. Elle s'interdit de s'y attarder. Elle voulait aller au fond de leur discussion. Savoir ce qu'il allait advenir de son cœur, si elle devait le laisser reprendre espoir.

— Et il n'y a plus de demande de garde complète, poursuivit-il. Si tu décides de partir après la naissance de notre enfant, tu pourras faire partie de sa vie sans condition.

Odessa avait remarqué la façon dont ses yeux brillaient chaque fois qu'ils évoquaient leur enfant. L'espoir gagnait encore du terrain.

— Tu as dit « notre enfant », pas « nos enfants » ? Tu as rédigé un nouveau contrat sans prendre la peine de me consulter.

— Odessa, je...

— Qu'est-ce qui te fait croire que je ne veux qu'un seul enfant ? Tu sais que j'ai détesté grandir seule ! Que, comme toi, je voulais trouver l'apaisement dans une grande famille qui s'aime et dont les membres se soucient les uns des autres. Que je veux être pour nos enfants le genre de mère que nous aurions rêvé d'avoir tous les deux.

— J'étais trop effrayé pour l'espérer, Odessa. Ce que mon père et moi avons vécu... je ne le souhaiterais pas à mon pire ennemi. Et la moindre possibilité que cela se reproduise était impensable pour moi. Il m'était plus facile de prendre des mesures pour l'éviter que de te faire confiance.

Elle froissa les feuilles de papier et les jeta au loin.

— Tu sais ce que j'ai vécu avec mon propre père. Ce qu'il a fait à ma mère. Comment peux-tu penser que je ferais une chose pareille à mon enfant ?

— Je n'ai jamais pensé cela. Mais... quand je suis retombé amoureux de toi, je me suis persuadé que tu ne pouvais pas m'aimer en retour alors que j'avais fait passer mes propres objectifs avant tes désirs.

Il ferma les yeux, les deux mains agrippées à la nuque, dans un geste de désespoir qui ne lui ressemblait tellement pas qu'Odessa en fut bouleversée.

— J'ai tout gâché, n'est-ce pas ? marmonna-t-il, les yeux rivés sur les papiers froissés au sol.

Lorsqu'il baissa les bras, elle lui prit les mains.

— Tout ce que tu avais à faire, c'était me laisser entrer, Arès. Me dire ce que tu ressentais. Alors je t'aurais dit que je n'ai jamais cessé de t'aimer. Ni quand j'avais seize ans et que j'étais trop timide pour parler au garçon aux yeux dorés, ni quand j'ai eu dix-sept ans et que je me suis allongée avec toi sous les étoiles, ni même lorsque tu es parti sans dire au revoir et que j'ai pleuré à chaudes larmes pendant des mois. Et je t'aime maintenant parce que tu as réalisé l'un de mes nombreux rêves en devenant le père de l'enfant que j'ai toujours espéré avoir avec toi. Il ne te reste plus qu'à réaliser mon plus grand souhait : sois l'amour de ma vie, que j'ai toujours voulu que tu sois.

Il la fixait, les yeux écarquillés, comme si elle était la chose la plus envoûtante qu'il ait jamais vue.

— Odessa...

— Ne me fais plus attendre, Arès, implora-t-elle. Fais en sorte que mes rêves, que *nos* rêves, deviennent réalité.

Elle le vit frissonner avant qu'il la prenne dans ses bras et la serre contre lui.

— Oui. Je ne te mérite pas, mais... oui, nous réaliserons chacun de nos rêves. Les années qui me restent à vivre vous seront consacrées, à toi et à notre enfant... à *nos* enfants. Je t'aime tellement, Odessa. Je suis désolé d'avoir laissé le passé entraver notre avenir. J'ai failli laisser mes peurs m'empêcher d'agir. Pardon.

Elle lui indiqua le contrat à leurs pieds.

— Pour moi, tu étais prêt à renoncer à tes désirs. Rien ne compte plus à mes yeux. Et je suis si heureuse que nous n'ayons pas à être séparés !

— Jamais ! Nous serons ensemble pour toujours.

Son serment fut scellé par un baiser profond et ardent. Les angoisses et les doutes d'Odessa avaient été balayés.

— Je t'aime, *kardia mou*, murmura Arès contre ses lèvres. Je t'aime tellement !

— Moi aussi, répondit-elle, le cœur débordant de béatitude.

L'espoir et l'amour avaient gagné.

Épilogue

Trois ans plus tard

— Voilà, tu as tes deux bébés, Arès. Et maintenant ? lança Odessa, malicieuse, allongée dans son lit.

Des roses jaunes, ses fleurs préférées, couvraient toutes les surfaces libres de sa chambre d'hôpital, sauf la table de chevet, qui accueillait une grande photo d'eux avec Pâris, leur fils de presque trois ans.

Arès fixa sa femme, admiratif. Elle avait mis au monde leur deuxième enfant seulement quatre heures auparavant, et pourtant elle rayonnait de beauté et de vitalité. Il n'arrivait toujours pas à comprendre comment la plus belle femme du monde avait pu le choisir pour époux.

— Maintenant ? J'en voudrais deux de plus, au moins. Trois ?

Elle éclata de rire.

— Tu es dur en affaires, *agapo* !

Elle posa un regard ému sur sa fille, qui dormait dans les bras d'Arès.

— Elle est belle, n'est-ce pas ?

— Comme sa mère, répliqua-t-il, la voix tremblante d'émotion. Et elle a tes yeux ! Dès que je t'ai vue, j'ai voulu des bébés avec toi. Des bébés avec des yeux exactement comme les tiens. Ces yeux qui ont volé mon cœur.

Ils restèrent silencieux, les yeux posés sur leur fille, unis dans une communion presque mystique. Ils avaient décidé de la prénommer Sofia, comme la petite sœur décédée d'Arès.

Après un léger coup frappé à la porte de la chambre, Sergios entra, tenant son petit-fils par la main.

— Vous êtes tellement beaux, tous les trois, affirma-t-il, des larmes de bonheur au bord des paupières.

— Merci, papa, de m'avoir ramené à Alghero et fait comprendre que mon avenir s'appelait Odessa.

— Oui, merci, Sergios, murmura Odessa en fermant les yeux, vaincue par la fatigue.

Arès contempla longuement la femme de sa vie. Il était l'homme le plus heureux et le plus chanceux du monde, parce qu'il avait choisi l'amour contre la peur, la colère et le chagrin. Ce serait la première chose qu'il apprendrait à ses enfants : qu'il n'y avait rien de plus beau et de plus puissant que l'amour.

Vous avez aimé ce roman ?
Retrouvez en numérique l'intégrale de votre série
« Les diamants de la passion » :

1. *L'enfant d'un amant*, Maisey Yates
2. *L'honneur d'une héritière*, Heidi Rice
3. *Le marié vengeur*, Joss Wood
4. *Libre sous condition*, Maya Blake